藍小說945

村上春樹

安西水丸 繪圖／村上陽子 攝影／賴明珠 譯

うずまき猫のみつけかた

尋找漩渦貓的方法

腰腿第一、
文體第二

contents 目錄

爲了不健全的靈魂
而做的運動——
全程馬拉松

各位好嗎？——書一開頭就這樣說好像有點怪怪的（因為不是寫信），不過不管怎麼樣，托您的福我還滿好的。正因為頭腦不靈光，所以只有身體還挺結實。……不、不，什麼跟什麼，沒這回事。眞不好意思。實在搞不清楚自己在胡說什麼。

不過世間一般人對作家這種人似乎總有一種刻板印象，現在還有很多人相信，作家都是每天熬夜，到文人酒吧去喝到深夜，幾乎不顧家，還有一兩種老毛病纏身，等到截稿日期近了，才到飯店去蓬頭垢面地閉門趕稿。所以我如果說：「我晚上多半十點睡覺，早上六點起床，每天跑步，一次也沒有拖延過截稿日期，」往往會讓很多人失望（再補充聲明，我這輩子幾乎從來沒有經驗過宿醉、便秘和腰酸背痛）。我這樣說，人家對我這個人內在的作家神話性形象，似乎就會忽然嘩啦嘩啦地崩潰掉。雖然覺得很抱歉，但也沒辦法。

不過世上所流傳的那種毀滅性作家形象，就像「戴著貝雷帽的畫家」和「叼著雪茄的資本家」程度差不多一樣，只不過是缺乏眞實感的幻想，實際上如果大家都過著這樣自甘墮落的生活，作家的平均壽命應該會下降到五十幾歲。雖然其中眞有一些喜歡這類傾向野性而多采多姿生活方式的人，或果敢地這樣實踐的人也說不定，不過以往所謂「私小說」，這種把眞實生活拿來零售的小說類型占主流的時代是怎麼樣我不清楚，但就我所知，現在大部分職業作家並沒有過著這種荒唐的生活。所謂寫小說這種事情，大體說來是樸素而沉默的工作。就像喬伊斯．卡蘿．奧茲（Joyce Carol Oates）從前說過的那樣，「安靜而認眞工作的人不太會成爲新聞」。

可能也有人會說：「不過，作家如果太健康的話，病態的黑暗（也就是所謂的妄想〔obsession〕）就會消失無蹤，文學這種東西可能就無法成立了，」但容我表達意見，我會說：「如果是這麼容易就消失的黑暗的話，那種東西本來就不能成爲什麼文學。」您說是嗎？因爲成爲「健康」，和成爲「健康的」，是完全不同的問題，把這兩件事混爲一談就有點麻煩了。健全的身體也可能附著不健全的黑黑的靈魂——我想。

因此，本書的基本訊息是「腰腿第一、文體第二」。這也沒什麼，只是聲明一下。

一到四月，再怎麼說就是波士頓的馬拉松季節了。以我的情況來說，大約從

聽到十二月的聲音前後，就開始做波士頓馬拉松的準備了。這前後身體會漸漸像要赴一個重要約會的前一天下午那樣，變得坐立難安無法鎮定下來。開始參加幾個附近的五公里、十公里等短程路跑，以便先練一練腳力做暖身準備，一月二月開始認眞跑較長距離的賽程，到了三月又參加一個半程馬拉松以確認跑步的速度（今年參加了New Bedford的半程馬拉松，這眞是一次相當愉快的賽跑），接著終於要面臨「正式」比賽了。像我這種松竹梅中的「梅級」跑者，還需要有相當程度的準備。雖然不管怎麼努力都不可能跑出什麼打破時間紀錄的好成績，何況還有不少工作要忙，如果要說眞辛苦啊，不可否認，確實沒錯。

不過傷腦筋的是，今年冬天的波士頓遇到百年以來的異常氣候，整個市區完全被深雪所覆蓋，從十二月中旬到三月初幾乎都無法在戶外的道路上跑步。波士頓因爲靠近海，所以冷雖然很冷，但平常卻不太會積雪，今年整個冬季期間卻合計下了大約兩公尺的雪。和氣的房東史提夫也一副很抱歉似地搖著頭說：「這是異常的，春樹。平常不會這樣。你才剛搬過來就遇到了，眞過意不去啊。」但不用說，下雪不是史提夫的責任，而且不管他怎麼道歉，雪也不會因此就不再下。

我每天跑步的查爾斯河沿岸的美麗休閒步道，Fresh Pond 周圍的慢跑道，和大學田徑跑道，不管任何地方都冰凍得硬梆梆的。腳底下危機四伏，那些地方實在沒辦法跑。每天每天都非做不可的門前雪剷除，確實是很好的運動，不過因爲不是《小子難纏》中的空手道小子，所以只有這種程度的運動，對馬拉松的訓練是成不了事的。天氣偶爾變暖一點，積雪開始溶化，這下子地面卻變得泥濘不堪，也同樣不能跑。時間就在這樣反反覆覆中一直拖延過去。

剛開始我還爲了不能到外面跑步而相當坐立不安，不過總算決心凡事往好的方面想（也就是所謂的「正面思考」），決定把由於被跑步占掉，平常不太有機會去做的運動項目也試著一一做一做。在長段階梯練習爬坡訓練，到健身房的游泳池去游泳，在跑步機練跑步，利用機械做密集的運動鍛鍊。直到過了三月中旬地面好不容易乾了之後，我才開始做一點ＬＳＤ（Long Slow Distance，長距離慢跑練習）。不過，在最關鍵的時期，沒能做好長距離跑步練習，老實說還眞吃力。

這次的波士頓馬拉松，對我來說是第三次參加，而且是第一次以「本地跑者」的身分出場。這種心情倒感覺相當不錯。認識了幾個熟朋友，還有人說：「我會去幫你加油噢。」波士頓市民非常喜歡這馬拉松，就像一年一度的節慶一樣，所以大家如果有空都會特地一起出門去加油、看熱鬧。我的房東史提夫、每個月幫我理髮的美容師雷尼，也都說我要去看你跑噢。將我的小說翻譯成英文的傑・魯賓（Jay Rubin，本業是哈佛大學教授）說要在心碎丘（Heartbreak Hill）等我，給我遞檸檬。我們大學的學生都說要去爲我加油。這一下不努力也不行了。

話雖這麼說，今年的波士頓馬拉松因爲冬天的練跑不足，或因爲年紀的關係（雖然不太願意這樣想），眞的相當吃力。剛開始還算順利地跑著，到了接近三十公里附近，忽然感覺：「咦，跟往年比起來，今年腳好像提早變重啊，」已經太遲了。結果好不容易總算沒超過三小時四十分，不過最後已經搖搖晃晃，進入腦子裡一面不斷想著：「再過一會兒就可以喝到冰冰的啤酒了，」腳總算還一面不由自主地在移動的狀態。

不過就算紀錄多少有點上下波動，而且有時高興有時懊惱，波士頓馬拉松任何時候跑起來都還眞是十分美好的賽程。因爲是從中午十二時開始跑的，所以跑的時候，總會聞到從家家戶戶的庭園飄來看熱鬧的人一面加油一面烤肉的香味。爸爸坐在庭園椅上，一手拿著一罐冰啤酒，一面津津有味地啃著雞腿。從屋裡提到庭園的大型卡式錄音機，爲了鼓勵跑者正大聲播出雄壯勇猛的《洛基》主題曲。除了正式供水之外，整個城裡的小孩也都跑到馬路上來，忙著給跑者遞橘子

波士頓馬拉松終點前的風景。把兩支美國國旗插在帽子上的叔叔。像這種穿著醒目的人絕不在少數，他們的動機並不單純只是「想引人注目」。而是穿上某種有特色的服裝之後，容易和沿街的人產生交流互動，因此多少可以受到鼓勵，也有這樣的目的。讓加油的人容易開口聲援，例如：「插國旗的叔叔加油啊！」於是聽到的人也會想：「好吧我要更加油。」當然其中確實也有「純粹為了想引人注目」的人……。至於我則只穿著平常的衣服跑而已。

片和飲水。在接近路程正中央的衛斯理女子大學前面時，女學生會密密麻麻地排成大隊人牆歡聲雷動地大聲呼喊加油！加油！（這是傳統），那聲音實在太大了，因此右邊耳朵還嗡嗡嗡地響個不停，搞得暫時什麼都聽不見。住在波士頓的日本人也沿著路邊，用日語為我打氣：「加油啊！」這些聲援照例到那「心碎丘」一帶時達到最高潮。每年每年都是這樣——就像蓋章似的一成不變——每年重複看到這令人懷念的光景，聽到熟悉的聲音，聞到熟悉的氣味時，就會想到：「啊，今年又回到這裡來了，」一面跑著，內心不知不覺一陣熱起來。我到目前為止跑過各種地方，不過整個城市能像這樣團結成一體為跑者熱心鼓舞的賽跑，別的地方倒真少見。在波士頓類似這種熱情，對於像我這種「梅級」跑者的體貼很自然地傳過來。雖然紐約和夏威夷的檀香山馬拉松大會也是很愉快的體面盛會，不過波士頓則有和那不一樣的 something else。

下次比賽再努力吧。

不過說到馬拉松，在某種意義上是相當不可思議的體驗。有沒有經驗過這個，我覺得連人生的色彩本身都會有一點改變似的。雖然還不至於說像宗教性體驗，不過其中確實有某種涉及深刻人性存在的東西。在實際跑著四十二公里的時候，會相當認眞地反問自己：「爲什麼非要這樣自找麻煩、自討苦吃呢？做這種事情沒有一點好處吧！不如說，反而對身體有害也不一定（腳趾甲翻起來、腳皮起繭、第二天下樓梯都苦不堪言）」，雖然如此還是想盡辦法衝到終點，喘過一口氣，接過人家遞上來的冰啤酒，咕嘟咕嘟一口喝乾，泡著熱水澡用安全針尖把腫起來的繭挑破時，鼻子一面喘著粗氣，一面已經又開始想：「下次一定要多加油才行。」這到底是什麼樣的作用呢？人類是不是有一種潛在願望，有時候想把自己逼到極限的痛苦狀態呢？

我雖然不太清楚發生的理由，不過不管怎麼樣，這種感嘆是在跑全程馬拉松時才會有的特別興嘆。眞是不可思議，例如就算跑完半程馬拉松時，也不會有這種心情。只會想到「來發狠跑完二十一公里吧」而已。當然半程馬拉松說辛苦也很辛苦，不過那是跑完之後就會一下整個消除掉的那種辛苦。但跑完全程馬拉松之後，整個人（至少我自己）肚子裡卻還會留下沒辦法咕一口簡單吞下的疙瘩似的東西。雖然我沒辦法適當說明，不過自己剛才嚐到極限邊緣的這種「像痛苦的東西」，在最近的將來要不要再面對一次，再嚐一次呢？會感覺有必要這樣做一番調整。會想：「這不能不重來一次，那也有必要更巧妙地重來一次。」所以我才會雖然每次都搞得筋疲力盡，疲累不堪，卻還不氣餒也不放棄地，前前後後一意固執地連跑了全程馬拉松十二年之久吧——當然雖然一直都還沒有完全調整過來。

也許有人會說，我這個人大概有被虐待狂吧，不過我想絕對不只這樣而已。一定是，更接近類似好奇心的東西吧。在次數累積之間，極限一點一點逐漸提高之後，會更想看清楚潛藏在自己心中自己尚未知曉的東西，想把那一直拉扯到陽光照得到的地方來，像這樣……。

不過仔細想想，這跟我平常對長篇小說所抱持的想法幾乎一模一樣啊。有一天我突然想到：「好吧，從現在開始來寫小說吧。」就在書桌前坐下來。然後幾個月幾年屏著氣息，把神經擠到極端極限地集中注意力寫出一篇長篇小說，每寫完一本，就像竭力絞乾抹布一般筋疲力盡，「啊，眞辛苦。累壞了。暫時不想再做這種事了，」很認眞地這樣想，不過稍過一段時間之後又會想到：「不，這次更要好好來寫，」又再不厭其煩地在書桌前坐下來，開始寫起長篇小說。可是不管怎麼寫，寫得再多，肚子裡還是會沉甸甸地留下凝聚不散的疙瘩。

相較之下，短篇小說則像十公里路跑、或頂多長到半程馬拉松的程度。當然短篇有短篇的獨自作用，其中自有不同的想法和樂趣，不過卻沒有嚴重到會深入影響身體組成本身的壓倒性東西、致命性東西——當然這終究只是說對我而言而已。因此「愛恨參半」的地方，短篇小說比起長篇小說也相對少了一些。

跑完馬拉松之後，我到終點附近的科普利廣場（Copley Place）波士頓最有名的海鮮餐廳Legal Sea Foods去，喝濃濃熱熱的蛤蜊巧達濃湯，吃蒸小圓蛤（這是只有在新英格蘭地方才能採到的貝類，我最愛吃的），吃炒什錦海鮮。服務生看我掛著跑馬拉松的牌子，也誇獎道：「您也跑完馬拉松？哇，勇氣可嘉！」不是我自豪，這輩子被人家稱讚勇氣可嘉，這還眞是頭一次。老實說，其實我完全沒有什麼勇氣可言。

不過不管怎麼樣，不管誰怎麼說，不管有勇氣沒勇氣，跑完全程馬拉松之後所吃到的熱騰騰豐盛晚餐，眞是世界上最美好的事物之一。

不管誰怎麼說。

到德州奧斯汀去、
狁貐與
尼克森之死

跑完波士頓馬拉松之後的第三天，四月二十日，我搭飛機到德州的奧斯汀去。接受德州州立大學的五天招待。在大講堂做一次類似演講的活動（眞累、眞累），然後到當地書店做簽名會，參加兩個晚上的晚宴……，大概這樣，每次都差不多的美國大學巡迴旅程。跟各種人見面談各種話題，到各地看看，吃吃各種東西。因爲我平常幾乎都沒有跟人見面，因此偶爾有這種機會就覺得相當新鮮而稀奇。既可以練習英語會話，也想對文化交流能有一點幫助（實際上有沒有幫助另當別論），不管怎麼說，在日本時這種事情我是不會做的……。

沒有特別行程的夜晚，就和當地的美國學生到街上的爵士俱樂部或藍調俱樂部去，一面喝著Shiner Bock（當地的黑啤酒品牌，相當好喝），一面喧鬧開朗地聊天。雖然覺得自己好像不久以前還是大學生似的，不過仔細想想，這些學生其實以年齡來說都可以當我的孩子了。噢噢，歲月眞是流逝得好快啊。

奧斯汀是德州首府所在地，不過和同州內的休士頓和達拉斯等大都會比起來，眞是無法比的小城。這裡是由政府機關和大學所組成的安靜小城，因爲學生多，所以音樂俱樂部之多倒是令人吃驚。天黑之後，路上便充滿了音樂和Tex-Mex（德墨）風情，變得十分熱鬧，和白天大不相同。學生說：「住在奧斯汀的人大多是音樂家，或自稱音樂家。」確實走在街上，到處都可以看到唱片錄音室。也有很多抱著樂器走在路上的人。大家好像都租錄音室，在那裡製作試聽唱片，再帶到電台去應徵。所以到唱片行去，以前的塑膠唱片（ＬＰ）還比ＣＤ普及的樣子。

在城裡幾家俱樂部之中，有一家名叫Antone's的藍調專門俱樂部，尤其過癮，很正點，令人愉快。其實這種俱樂部眞正演奏得起勁狂野，要從半夜的十二點以後，所以對於早睡早起的我來說有點辛苦。

不過奧斯汀似乎是個相當適合居住的地方。一提到德州好像容易想像到一大片連綿不絕的荒涼沙漠和廣大平原，實際上這種土地也確實占了一大半，不過奧斯汀卻和這樣的一般德州印象相距幾光年之遠。城裡川流著清澈美麗的河水，到處綠油油的，和緩的丘陵連綿不斷。處處飄散著充滿知性的芳香氣息。幾年前網路叛客（Cyberpunk）作家布魯斯・史特林（Bruce Sterling）採訪我的時候（話雖這麼說，其實我覺得幾乎都是他一個人在說話），就說過：「我住在奧斯汀，這是個非常棒的地方，請你務必要來玩玩。也有很多作家住在這裡。」可惜布魯斯正去義大利旅行中，這次沒能見到他。

我在這個城市不知道爲什麼非常受歡迎，甚至還收到榮譽市民證書（不知道是不是這樣稱呼）。有生以來第一次收到這種東西——正想這樣說時，忽然想到，以前在希臘的羅德島住了一個月左右時，同樣也收到過榮譽島民獎狀。羅德島也是個非常美好的地方。

我在奧斯汀的時候很少有地一次也沒有跑步。因爲剛剛跑完馬拉松，想讓身體稍微輕鬆地休息一陣子，所以連慢跑鞋都沒帶去。

星期六早晨，當我在旅館附近的咖啡廳吃早餐時，拿著菜單過來的女服務生一開口就說：「理察・尼克森死掉了。」「哦？是嗎，死掉了啊。」我說，話就到此爲止（因爲也不知道該怎麼接下去）。不過這位前總統的死，對一般美國人來說似乎比想像中——比我們日本人想像中——具有更大意義的樣子。他出殯的日子，公立學校和機關、銀行都休息，郵件也停送，換句話說大家都安靜地爲他服喪。總統在位時確實發生了很多事情，不過至少最後大家都默默地原諒他了，或希望和解，這種心情似乎占了世間的一大部分。

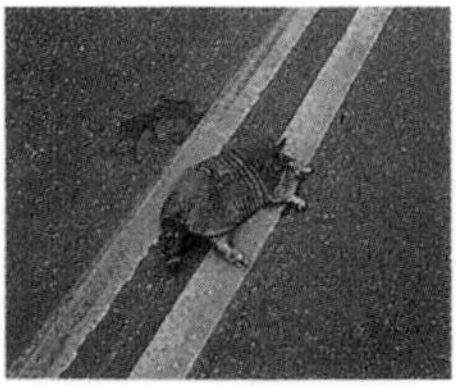
死掉的犰狳，躺在奧斯汀的路上。

奧斯汀街上的市井小貓。正如本文中所提到的那樣，這地方貓真是相當多。在任何國家都一樣，每一隻貓都在某個場所擁有各自的指定席，在那裡看起來就一副真幸福的樣子。這隻貓跟人很親，你叫牠，牠就會走過來。

而且後來我讀到報導尼克森死訊的雜誌時，看到雜誌上登了他平日常說的這一句話：

"Always remember, others may hate you, but those who hate you don't win unless you hate them."

「請記住。就算別人恨你，只要你不恨他們，他們就無法打敗你。」應該可以這樣翻譯吧。雖然很簡單，卻很有深意的一句話。我讀了之後想到：「他也有他辛苦的地方。」理察・尼克森並不是我所喜歡的政治家類型，也不是我所喜歡的人（對我們的世代來說，這個人就像天敵一樣），不過由於發生水門事件，被烙上「美國歷史上留下污點的壞人」記號，因而失勢以來，二十年間一直咬著牙苦苦忍受著命運的重擔——據說其間也曾認眞考慮過尋死——精神力量畢竟不得不令人敬佩。因爲尼克森本來就是虔誠的基督教貴格派教徒，所以或許這種詞句只是一種慣用語，他可能從小就已經記進腦子裡了。當然並不是說這樣有什麼不對。

不管怎麼說，奧斯汀是個貓很多的城市。而且貓都很可愛，你一叫牠，就會

「喵」地一面回答，一面靠過來（美國的貓，用日語叫牠，也會靠過來，眞不可思議喲）。白天我坐在旅館陽光充足的陽台上安靜讀書（戈馬克・麥卡錫〔Cormac McCarthy〕）和菲利普・柯爾〔Philip Kerr〕的小說都相當有趣），一面喝著那Shiner Bock啤酒，一面和附近的貓一直不厭倦地玩耍，悠閒地度過德州溫暖舒適的春日。這樣過著的時候確實感覺到南方「有陽台的生活」眞舒服。波士頓的氣候就不太可能這樣了。我想如果能在這種地方放寬心胸度過餘生也不錯啊。雖然離餘生還稍微有一段時間。

回到波士頓的第二天四月二十六日，有一場波士頓交響樂團的音樂會（還眞忙碌啊）。這一天是由客座指揮Bernard Haitink指揮的，曲目是布拉姆斯的一號交響曲。波士頓交響樂團的音樂會在當地也很受歡迎，觀光客要臨時買票不太容易，但因爲我已經預先訂好季票，所以完全沒問題。問題倒是椅子太硬，還有座位的橫列前後空間太狹窄。雖然古老的音樂廳氣氛非常優雅，但屁股和腳卻坐得相當痛。

我向來就喜歡技巧高超、誠實、柔軟、安靜而有說服力的音樂，那天晚上的

.INN.

RAINBOW

演奏，以演奏本身來說，也無可挑剔，表現傑出，但在那音樂之中，卻有某種像是少了什麼能逼近心口的東西似的。火苗沒有能夠熱烈燃燒起來。今年我總共聽了七次波士頓交響樂團的演出，很遺憾每次大概都有這種感覺。雖然覺得演奏得不錯，卻未能打從內心裡熱起來。或許這只是單純的不湊巧而已。以前有一次，在東京聽小澤征爾指揮這個交響樂團的演奏，眞的覺得非常棒。當時確實也是演奏布拉姆斯的一號交響曲，但其中就有某種強烈打動人心的東西。所謂藝術這東西不管任何種類可能都一樣，本身品質的高低，和能不能在人心裡熱烈地點燃起火來似乎是兩回事。

不過每次去聽波士頓交響樂團的音樂會時，我都會想：「啊，住在波士頓眞好。」在波士頓聽波士頓交響樂團，比在紐約聽紐約交響樂團，心情還是略勝一籌。雖然這可能純粹只是我個人的偏見而已。

四月二十九日，我在劍橋的一家爵士俱樂部裡聽Sonny Rollins的演奏（英語發音成桑尼·羅林茲比較像、比較帥）。這場演奏則是壓倒性的棒。雖然Rollins應該已經有六十四歲了，不過以這個年齡來說，並沒有衰老枯澀的地方，眞不簡單。因爲元氣十足遠超過技藝，完全沒有一點吝惜保留的意味。把「所有的全部拿去吧」的感覺淋漓盡致地揮灑出來，一口氣輕鬆地吹出二十組曲子。聽說他以前到日本的時候，到一個俱樂部去玩，人家邀請他吹一曲，結果他拿起樂器來，竟然從晚上九點一口氣吹到第二天早上的五點沒有休息。聽到這段故事時，我還想：「眞的嗎？」現在看來都這個樣子了，想必從前眞的有過那回事。我重新感嘆人畢竟還是「第一要腰腿強壯——」。不久以前我在同一家俱樂部聽過同樣是高音薩克斯風的樂手Joe Henderson（以年紀來說，他還年輕七歲），反而有點力不從心的枯竭感，因此回家的路上更佩服：「Rollins畢竟還是不得了。」雖然這麼說也許不算恰當，不過音樂方面事到如今已經沒有什麼特別值得看了，然而聽著現場表演還是會深深感到壓倒性的讚嘆與感動。一定是與生俱來的人格似的東西，比一般人卓越得多吧。不過也因爲這樣，「天才還是很辛苦」的感覺同時也伴隨著一點哀愁的眞實感。他在更年輕的時候，可以毫無顧忌地將高音吹上雲霄，眞希望能在他的全盛時期聽到他的現場演奏。不過現在說這個又有什麼用呢？

這天晚上的餐桌消費是二十美元，飲料四美元，波士頓的俱樂部收費感覺比紐約便宜多了。

普林斯頓大學的馬丁。看他輕鬆地在庭園裡烤肉，其實他是一位了不起的老師。這地方是我住的教師宿舍的中庭，一到放假日住戶都聚集在一起熱鬧地烤肉。尤其夏天傍晚，附近一帶就到處飄散著烤肉的香噴噴氣味。烤肉就像壽喜燒一樣，是男人的料理，因此大多都由一家之主在包辦的樣子。像控制炭火、調配特製醬料等，多半各自有一家的獨特風格，不過老實說味道每家都差不多。馬丁因為是英國人，所以神情也許有幾分不太適應烤肉的地方。

這是松鼠。雖然所有的貓都拚命想要抓松鼠，但松鼠總是很小心絕對不會被貓給抓到。自己離開樹有多遠，總是心裡有數，只要一有什麼外敵進入視野，就會一溜煙地往樹的方向逃走。松鼠的人生似乎只有逃走和收集食物似的。有時候也做愛。可是這簡直是……算了，不提了。

話說回來，我忽然想起自己高中時候蹺課在家睡覺，看著早晨的電視時，Rollins出現在《小川宏的秀》節目吹〈開往中國的慢船〉的事。現在不知道怎麼樣了，不過當時的晨間節目好像做得還滿大膽的。因爲時間的關係好像只能讓他獨奏幾段而已，所以對精力充沛的Rollins來說想必意猶未盡。同樣在那時期，剛把*This Diamond Ring*（〈愛的鑽戒〉）吹紅的蓋瑞・路易斯與花花公子樂團（Gary Lewis & The Playboys）來日本的時候，也上過某個晨間節目。主持人（不知道是誰）笨拙地模仿他父親傑利・路易斯（Jelly Lewis），使得在一旁可憐的Gary臉都抽動起來了，那樣子就像昨天才發生的，我還歷歷在目（人這東西居然會把一些很無聊的事情一直記得很久很久）。

從波士頓開車，經過康乃狄克州、穿過紐約州，經過塔本吉橋（Tappan Zee Bridge），再度來到紐澤西州久違的普林斯頓大學。這次是爲了要和正在當地擔任客座教授的河合隼雄教授對談而去的[1]，對談主題是「現代日本物語的意義」。預定發表在《新潮》雜誌，談話非常有意思。我原來並不太擅長在人前說話，這次要談什麼，事先也幾乎沒有想好，但談著之間各種話題一一出現，反而覺得意猶未盡。我想河合先生年紀大約和Sonny Rollins相仿，活力也毫不輸給

Rollins。我們一起用過兩、三次餐，他的旺盛精力讓我深深佩服。他說：「事情就是這樣，你瞧，被人家一慫恿，除了殺人什麼都會幹。」不過，感覺上我的精神好像就跟不上他。

很久沒有到普林斯頓了，於是每天早晨在湖（人家這樣稱呼，不過這裡原來好像是運河的樣子）周圍悠閒地慢跑。一面跑步一面眺望周圍的風景時，重新驚嘆植物和動物的相貌實在和波士頓差異頗大。說起來，波士頓和普林斯頓車程距離才不過五小時左右，這樣的距離在美國來說終究只能算是「近距離」而已，然而以氣候來說，卻已經相差很大了。我太太嘀嘀咕咕地說就是因爲南下到這裡來所以花粉症才變得更嚴重。今年美國的寒冬特別冷，花粉氣勢比往年更來勢洶洶。不過我很幸運到現在爲止和花粉症幾乎都扯不上關係，因此可以盡情享受綠意盎然的普林斯頓美麗初夏。「那對你來說當然很好囉。」這是我太太的意見。被她這麼一說，我也很傷腦筋。

對了，只要看看照片就可以知道，普林斯頓這地方，棲息著在全國都算相當罕見的黑松鼠。我不記得在美國其他地方有看過這種黑松鼠。爲什麼只有在普林斯頓周邊會有這種黑松鼠繁殖呢？關於這點有各種說法。據說本來是在生物教室飼養來做實驗用的，結果逃到外面去開始繁殖起來，這種說法頗有說服力。另外也有一說是學生總數中黑人所占比例過少，爲了彌補這點，於是大學才引進黑松鼠。這當然是胡扯的笑話，不過住在這裡的話，倒也覺得是很有眞實感的一種說法。普林斯頓大學就是有一點這種過份高貴的地方。

仔細觀察之下，好像黑松鼠只和黑松鼠交往，普通松鼠只跟普通松鼠交往。黑松鼠和普通松鼠異種交配成爲夫婦的例子，很遺憾我還沒看過。好像是個相當困難的問題——話雖這麼說，那麼難在哪裡呢？我也不清楚。左下的照片是一對普通松鼠，就在我家前面的草坪上大白天便堂堂正正地「成其好事」的照片。一副很認眞的眼神眞可愛啊。這種事情還是必須認眞才行。如果一面嘻皮笑臉一面做的話，可就有點傷腦筋了噢。

譯注：

1. 這次對談後來整理成書：《村上春樹去見河合隼雄》，中文版由時報文化出版。

普林斯頓的黑松鼠。

正在辦好事的松鼠。

吃人的美洲獅、
變態電影，
和作家湯姆・瓊斯

前一陣子我看到報紙上有一篇文章，報導一個被美洲獅吃掉的可憐慢跑者的事。這件事發生在加州沙加緬度市西北方一處休閒勝地，被害者是名叫巴巴拉・休娜的四十歲女性。她被一隻三歲左右的雌性美洲獅襲擊，獅子把吃到一半的休娜女士的屍體藏在樹下用葉子覆蓋起來，第二天正要來繼續吃時（我原來不知道，不過據說這是美洲獅的一般習性），被發現屍體而預先埋伏在那裡的獵人們射殺了。

報紙上也把那隻死掉的美洲獅照片登出來。看起來大約像小型豹那麼大，牙齒一看就知道十分銳利。據說曾經有一段時期全國的美洲獅數量銳減而被指定爲「瀕臨滅絕的物種（endangered species）」，然而由於該保護政策的關係，最近數量稍微增加起來。在紐約中央公園慢跑的女性白天都不得不小心提防以免被強暴（這相當常發生），稍微離開都會之後，這下子卻換成必須提防美洲獅或灰熊（grizzly bear），最後居然連用來福槍襲擊慢跑中的總統的計畫都搞得出來，我覺得美國的慢跑者還眞不輕鬆。

我在希臘跑步的時候也常被狗追得直冒冷汗。那邊所謂的狗多半是牧羊犬或帶有牧羊犬血統。牠們因爲被嚴格訓練成必須排除異物以保護羊群，因此眞的會認眞撲過來攻擊你。雖然牠們應該沒有美洲獅那麼兇猛，不過也相當認眞而可怕。而且在當地因爲實在沒有人閒得無聊在做什麼慢跑，因此狗只要看到有人在跑步，就會認爲：「這一定發生什麼不尋常的事了，」而激動起來。於是我好幾次都被整得很慘。

在土耳其旅行時，遇到的狗比希臘更多、更兇猛，所以結果在那裡我一次也沒有跑過。這樣看來，我覺得一個大男人沒什麼特別事情，居然會從大清早就樂此不疲地跑個十公里，這樣的國家從世界整體看來還是屬於例外的存在吧。其實不必特地這麼麻煩，只要日常生活中運動量自然足夠、營養攝取量取得平衡就最好不過了，但事情卻沒有那麼順利（尤其成爲小說家之後就更不行了）。

而且試著從美洲獅的立場來看，在山裡面獨自一步一步跑著的人，除了是 easy prey（容易到手的獵物）之外什麼也不是，所以襲擊並吃掉，對美洲獅來說應該是「從事正當的活動」。如果從善惡的觀點來看雖然會有點麻煩，不過不管怎麼說，我覺得在山中突然被美洲獅攻擊、一口一口地被吃掉，好像也不是什麼太愉快的死法（那麼如果要問我有什麼比較愉快的死法？這也傷腦筋）。以後還是要注意一下，在美國山中盡量不要跑比較好。

不過想到和所謂慢跑這種健康行爲處於對立立場的（其實我暗自以爲並不盡然相反），就是那位約翰・華特斯（John Waters）的超變態電影，他的新作《瘋狂殺手俏媽咪》在美國評價還不錯，上映電影院數量雖然少，檔期卻相當長，活動也相當起勁。當然因爲是凱薩琳・透納（Kathleen Turner）主演的主流電影，因此並不像以前那種怒濤洶湧般惡趣味、低級、變態世界的東西，而且雖然笑話有點土氣和慢吞吞的，不過以最近越來越乏味的美國電影來說，也有相當chic的部分，我倒滿欣賞的。很好。華特斯紅起來之後所拍的《哭泣寶貝》、《霹靂髮膠》（Hairspray）等作品也非常好笑，但這部《瘋狂殺手俏媽咪》不像每次那樣逃進五〇年代的塑膠化人工世界，而能確實面對現代，這種地方我覺得很偉大。

不過上次我在附近的名片電影院第一次看到華特斯的舊作《女人的麻煩》（Female Trouble）（一九七四年由Divine主演），眞是棒得遠超出想像之外。不管這部也好，或那部《粉紅火鶴》（Pink Flamingos）也好，居然能費那麼大心血去製作那樣的傻瓜電影，眞是的。不知道到底在想什麼。不過我喜歡。

這家名片電影院居然在大肆舉辦「約翰・華特斯週，放映全系列作品」，從大白天開始波士頓近郊的怪人（特別聲明這裡當然不是指chic的奇人，而是sick的怪人），全都集合起來，大家快樂地大笑一場。眞是好事一樁。畢竟在變態的肯・羅素老兄沒什麼精采作品的當今現在，希望另一位一方之雄約翰・華特斯老兄今後也能再多多加油才好，這麼想的可能不只是我或所謂「變態電影迷」的拜取（Ogamidori）小姐而已。

這家藝術名片電影院叫做"Brattle Theater"，在劍橋的哈佛廣場。觀眾以哈佛大學吹毛求疵型的學生占大多數，因此經常都放映一些相當深奧而艱澀的電影，例如「年輕時候的Robert Mitchum特集」之類的就可以一連演好久。很多片子會讓你覺得這種片子到底有誰會來看？不過確實有人在看，所以眞叫人佩服。每個月都會發行「本月預定上映影片」的小冊子，製作得非常用心仔細，光看著就叫人開心起來。有一次特愛看電影的齋藤英治來玩，看到這家電影院，深深感動地說：「太帥了，春樹兄。我眞想住到這裡來。」

五月十八日到紐約去。為了拍攝《紐約客》雜誌文藝特刊用的照片而去。指定的飯店是四十二街《紐約客》編輯部附近的皇家頓飯店（Royalton Hotel）或艾岡金飯店（Algonquin Hotel）中的一家，說到艾岡金就有點過於限定於文藝線了，於是選擇由Philippe Starck所設計的皇家頓（這邊有一點約翰・華特斯風格，雖然有點可怕，但裝潢讓人不會膩。不過餐廳的東西點了之後到送上來爲止，要等好長的時間。早餐時點的煎蛋包，等了足足一個鐘頭，終於還是沒有來）。爲了攝影集合而來的作家有：約翰・厄普戴克（John Updike）、安・貝堤（Ann Beattie）、巴比・安・梅森（Bobbie Ann Mason）、牙買加・琴凱德（Jamaica Kincaid）、麥可・查邦（Michael Chabon）、尼克森・貝克（Nicholson Baker）、勞勃・麥思威爾（Robert Maxwell）……等《紐約客》雜誌的讀者所熟悉的作家（總共十位左右）。

攝影師是Richard Avedon，這位攝影大師果然很有風格。事先已經確實準備好手繪腳本般的畫面，攝影進行得非常快速。「好，請站在那邊。頭稍微轉向這邊……對對，這樣就好」，一下子就拍完了。以我的經驗來說，大體上越高明的攝影師工作速度越快。攝影前後有特地爲參與這次活動的作家所辦的派對，大家可以一面在那裡喝喝葡萄酒、吃吃點心，一面和許多人談話。美國很大，所以作家之間好像很少有機會碰面的樣子，當天幾乎很多人都是第一次見面。

《紐約客》雜誌的編輯琳達・艾許（Linda Asher）女士

在劍橋，我家附近路邊開的紅花。好漂亮噢。我不知道花的名字，請不要問我花的名字。我對花的事情不太清楚。對了，我在這一帶曾經看見過一次大grouse（松雞）。好像相當珍貴稀奇的樣子，房東史提夫還特地來叫我：「你看、你看，那邊有一隻松雞。」雖然只是普通的都市住宅區，不過這樣看起來卻出乎意料地，可以感覺到離大自然很近。

很多作家聚在一起時，每個人畢竟都各有不同的個性，牙買加·琴凱德顯得飄逸而不可思議，尼克森·貝克個子特別高，待人最好（可能因爲近作《延長記號》〔*The Fermata*〕）受到女性讀者的圍剿，因此很緊張也不一定），巴比·安·梅森個子最小，人很清秀，安·貝堤最華麗，約翰·厄普戴克感覺上確實具有領袖風範。不過我覺得談話最有趣的，是一位從華盛頓州來的叫湯姆·瓊斯（**Thom Jones**）的作家。不好意思我不夠用功並沒有讀過他的作品。不過當我提出喜歡的作家有瑞蒙·卡佛、提姆·歐布萊恩（**Tim O'Brien**）、戈馬克·麥卡錫等名字時，他就明快地斷言：「那麼，你會喜歡我的書。」

這樣說也許有點怎麼樣，不過湯姆·瓊斯一看就是個怪人。從遠遠看一眼，就知道：「這個人不太正常」。後來我問編輯，據說：「他是一位傑出的作家，不過卻有點 **nuts**（異常）。」果然沒錯。但一點也不難相處。年齡大約和我相同，經歷相當離奇跳躍。「在越南介入相當深，因此腦袋變得有點不正常，又到法國到處流浪，最後在廣告公司上班，工作到四十歲左右，他說自己本事很強，錢賺太多了覺得很無聊（我一直開 **Jaguar** 噢。開 **Jaguar**。），所以就到學校去當工友。然後當了五年工友，在那之間讀了很多書，覺得這樣的東西我也會寫呀。於是想暫時回到老本行廣告業去，結果他們說我把賺錢的廣告公司工作辭掉，去當小學工友五年，這種人不正常，不讓我回去喲（＊對方這種心情我也可以理解）。那麼，我想乾脆來當作家好了，於是寫了小說寄到《紐約客》去，稿子被採用了，於是當上作家。我一開始就投稿到《紐約客》，直接飛上去喲。」他說。

一面喝著葡萄酒一面相當快地說，因此可能有一點聽錯，不過大致上是這樣的意思。這種人我很喜歡。湯姆在臨分手時也說：「我，跟作家見面很少覺得有趣的，不過跟你談話非常有意思（＊這也許是客套話，不過卻以完全不是社交辭令的一本正經臉色說的，所以感覺很好）。他說要看我的書噢。還有你要看奈波爾的那本××××的書噢。如果無趣的話，我退你錢，噢。」他說。在派對席上寶貝兮兮地拿著一個骯髒的紙袋到處走，因此我問他那是什麼，「啊，這個，是糖尿病的藥。」他說。我希望有一天還能跟他見面。分手之後我在書店買了一本他的短篇小說《拳擊手的休息》（*The Pugilist at Rest*）回來讀，確實屬於硬派而勁道十足的有趣書。

今年夏天
到中國・蒙古旅行
和到千倉旅行

六月二十八日我搭全日空飛機從成田飛往大連。這是為了替一家雜誌社做採訪，而和攝影師松村映三兩個人到中國的舊滿洲地區和蒙古共和國做的一趟兩星期的旅行。不過不只為了雜誌的採訪，也為了我自己正在寫的小說（《發條鳥年代記／第三部》）的私人採訪……或者，老實說小說這邊才更主要。不過一說出來就未免太露骨了。不管怎麼說，反正我本來就想去一次中國這個國家看看，所以這次採訪感覺上可以說是搭了便車。而且就算想去，一個人要到中國內地去，現階段也非常困難。

那麼，聽起來好像是一帆風順無可挑剔似的，不過這次旅行，只有一件事是非常嚴重的個人問題。這所謂的「唯一問題」，就是我**對中華料理極端過敏**的事實。我確實從小就因為太偏食而吃盡了苦頭，長大以後經過努力很多東西都已經可以吃了，事實上大部分的東西只要想吃已經敢吃了。只有中華料理不管怎麼樣都絕對不行。就算只是經過千駄谷的希望軒前面而已（因為就在我家附近所以經常要經過）就會覺得不舒服。至於橫濱的中華街實在沒辦法走，不必提中華街了，只要聞到燒賣的氣味就討厭了，連橫濱車站都不想下車，過敏到這麼嚴重的地步。有生以來一次也沒吃過拉麵這種東西。我提到這件事情時，大家好像都以為我只是開玩笑而已，其實這是真的真的認真說的。有時因為某種原因被招待到中國餐廳去，很抱歉有幾次我完全沒辦法動筷子。

爲什麼會這樣呢？我也不明白原因何在。我想可能是童年有過不快的經驗吧，我不記得到底在什麼地方發生過什麼事情。或許其中隱藏有像希區考克的「白色恐怖」那樣的祕密也不一定。不過不管怎麼說，這不光是沒嚐過就感到討厭的偏見或執迷而已，證據在於我太太好幾次把中國菜做成完全看不出是中國菜的樣子想讓我吃時，我每次都吃一口就識破了。只要有一點什麼氣味或香味，就會有咚咚咚的銅鑼聲在我耳邊響起來，警告我說：「這只是碰巧裝成不是中國菜的樣子，其實是如假包換的中國菜喲。」

就這樣，有關中國菜過敏的矯正，連個性相當執著的我太太都只好放棄了，她自己如果想吃中國菜只好找別人一起去吃。上次有一天忽然很想吃拉麵，中午一個人走進拉麵店去吃著時，坐在旁邊桌子的一群年輕女孩子故意大聲說給她聽：「我才不要做一個上了年紀之後，還一個人吃拉麵的女人呢。」她聽了之後怒火中燒地回來衝著我說：「這也都要怪你不能吃拉麵的關係。」因此，如果你們在什麼地方看到一個四十幾歲的女人在默默吃著拉麵時，請不要太欺負她。因爲每個人都各有不同的情況啊。而且這樣一來一定又會怪到我頭上來了。

「不管怎麼說，不能吃拉麵是人生中的一大不幸噢。因爲很好吃啊。」她

千倉海邊的房子。我小時候，因為長久住在海岸附近，因此每年一到七月初就會看到一排海邊的臨時房子啪搭啪搭地搭起，八月底又啪搭啪搭地拆掉，成為每年的例行公事。海邊房子拆掉的時候，暑假也就快要結束了。海浪變得比較大，會有水母出現。也不得不做暑假作業了。水母當然不會幫我做作業。因為這種種，那真是有點哀愁的光景。不過我自己從來沒有住過海邊的房子。

說。或許眞是這樣吧。可能的話我也想，把人家端到眼前來的食物不管是什麼都沒有好惡偏見而能津津有味地吃下去。那樣的話，我推測這個世界將會變得更簡單、更幸福。不過儘管這樣想，我只要看到附有中國竹子、或龍紋模樣的大碗公，或這類東西，我的勇氣就會像梅雨季節的煙火般瞬間細細地萎縮掉。

這樣的人要去到幾乎只有中國菜的中國去，所以事態確實相當嚴重。我跟編輯坦白供出這件事，對方卻輕鬆地說：「哦，村上兄不能吃中國菜嗎？那就傷腦筋了。不過拉麵和餃子總可以吃吧。沒問題的。」眞是什麼狀況都不明白。如果我能吃拉麵和餃子的話，就不用那麼辛苦了。於是我就更詳細地把狀況說明一番，對方一副很同情地說：「哦，這樣啊，這麼討厭嗎？那就傷腦筋了。」可是眼睛卻完全在笑著，一點也沒有傷腦筋的樣子。辛勞和痛苦這種事情，只要是落在別人身上的話，人是無法正確理解的，尤其不是一般的辛勞、痛苦的情況，這種傾向就更顯著了。

結果，旅行期間我終究什麼也沒辦法吃。中國行這件事非常令人興奮、新鮮而有趣，可是只有食物這件事眞的是悲劇。在大連時吃了日本料理。在哈爾濱吃了披薩（到中國去吃披薩的傻瓜實在不多吧）。在長春吃了俄國的菜肉湯（borshch，呵呵呵，很難吃）。在海拉爾半強迫性地把稱爲西餐的莫名其妙的東西塞進胃裡。在蒙古邊境附近的小村子用燃燒器煮了蕎麥麵吃。另外吃了稀飯配酸梅乾，也吃了帶來的營養餅乾。連我自己都覺得眞可憐。實在要命。爲什麼來到這種地方，還非要吃什麼營養餅乾不可呢？就這樣在中國眞是悲慘。

離開中國到了蒙古也是，全國到處充滿了羊羶味，眞是一點辦法都沒有。我到土耳其內地去旅行時，確實也一樣到處充滿了羊羶味讓我叫苦投降，不過土耳其的羊肉餐是以烤的爲主，因此氣味也只是一時的，還沒那麼嚴重。只要風一吹就會散掉。氣味也比較乾爽，想忍耐的話還可以忍耐，勉強的話也不是不能吃。可是在蒙古，卻是以大鍋子咕嘟咕嘟水煮的烹飪法爲主，這水煮的羊肉氣味會宿命性地滲入全世界的所有東西裡去。那才眞是從車子座位到鈔票，都沾滿那強烈的氣味。而且那氣味讓你一聞到，就連食慾都完全喪失。我大體上是屬於喜歡清淡食物的菜食、魚食主義者，平常幾乎可以說不太吃肉。牛肉的紅肉部分極稀罕地偶爾吃一下，燒肉店也從來沒去過。吃火鍋時我也一直都在吃青菜和蒟蒻、粉絲。所以老實說眞的很辛苦。眞的很辛苦。到目前爲止我做過很多艱苦的旅行，不過在飲食方面遭遇這樣淒慘的旅行，這還是頭一遭。老實說，到現在身體的情況還有一點怪怪的。

在蒙古的某一個村子被招待到村長家時，對方宰了一頭羊請我，這實在非常難過。因爲就在眼前把羊殺掉，當場處理，把那整個用開水燙過而已，還帶著骨頭就整盤端了出來，所以這種東西我實在吃不了。不過因爲我總算是座上的主客，而且大家都眼睜睜地看著我，還殷勤地勸著：「請用，請用啊。」總不能不吃。那可不是說：「很抱歉，吃肉是政治不正確的事情，」可以行得通的世界。這裡可不是美國麻州的劍橋。幾乎是囫圇吞下去的，總算勉強各吃了一點點。

老實說攝影師松村君對羊肉也無法接受，他說：「這種東西我實在吃不下去。」不過因爲他是攝影師所以可以說：「對不起，我到那邊去拍一下照片，」就離席到外面去了，聽說他把嘴裡的東西又再找個地方吐出來。我就實在沒辦法那樣做，只好把放進嘴裡的東西乖乖吞下去。肉的氣味非常腥很難忍受，爲了打馬虎眼只好把他們敬我的酒一口又一口地猛喝下去。這酒對消除羊肉的腥羶味確實最適當不過了，因爲酒精濃度強得不得了，也因爲疲勞加上緊張的關係，我喝到途中幾乎就已經不省人事了。我非常明白對方是充滿誠意熱情招待我的，不過前面先是羊肉，後面加上惡醉，眞是搞得焦頭爛額的夜晚。實在不願意再去回想當時的事情了。

七月十八日，爲了彌補我在中國和蒙古時極爲慘痛的飲食生活，回到日本我和太太兩個人決定到千葉縣的千倉住一夜。本來也爲了順便試開一下向朋友買來的中古車，決定目的地要去拜訪住在白濱的落田謙一、洋子夫婦家（其實他們夫婦倆的畫我都曾經用來做爲書的封面）。聽到我們要去，在千倉長大的安西水丸兄就說：「那我也要一起去。」當然有當地人同行膽子會比較大。

水丸兄和我們打算去住的千倉館主人鈴木先生也很熟，吃過晚餐後他們兩個人說要到什麼地方去逛一逛（我因爲受到蒙古羊的後遺症，一到九點半左右就睏得昏昏沉沉的），「水丸兄，你們兩個不會又要去菲律賓酒吧吧？」我半開玩笑地釘他一下，畫伯溫厚的臉上瞬間露出嚴肅的表情說：「怎麼會，那種地方我哪會去？」我不是沒有根據的一抹疑念就被輕輕地一腳踢開了。我想眞不該懷疑他的，不過那天晚上他們終究還是行蹤不明。

白濱和千倉之間沿著海岸有一座橋（我擅自命名爲：「千倉町之橋」），那人行步道的鋪石上嵌有兩片鄉土偉人、安西水丸兄的磁磚畫。除了水丸兄的畫之外，旁邊還排有本地小學生的畫，人群中有人宣稱：「看不太出哪幅是水丸先生的畫，哪幅是小孩的畫啊。」雖然總是有那種不太有鑑賞眼光的冒失鬼，不過當然沒這回事。既簡單又美麗，令人感覺暖烘烘的畫。有興趣的人請務必親自來看一看。立刻就會知道這是水丸兄的畫了。

暫且不提水丸兄的畫，白濱一帶的海岸邊，到處可以看到整排意義不明的雕刻和繪畫之類的東西，視覺上相當累人。風景本身是樸素而美麗的，因此在那上面應該沒有必要再加工上去，我覺得有點遺憾（例如把乾淨清爽的白色岸壁用彩色魚的畫塡得滿滿的這種做法），不過這是別人的家鄉，我這個局外人也許不該多管閒事一一插嘴。這種事情一寫出來之後，一定會收到當地人士寄來「你這什麼狀況都不清楚的外地人，還多管閒事寫什麼嘛！」這樣的斥責信，因此我特地在這裡預先道歉。這只是純粹沒辦法的自言自語而已。

落田先生夫婦在搬來白濱之前住在三浦半島，他們搭久里濱—濱金谷間的渡輪到郊區來找房子，結果最後就在千葉縣安家落戶。從三浦半島到這裡，地圖上看來雖然很有一段距離，不過一旦搭上快艇其實眞是近得讓人吃驚。雖然一下子就到了，可是橫須賀與館山的風土相較卻有很大的差別。我太太說：「差別就像同樣以渡輪來往的義大利布林迪西（Brindisi）和希臘的帕特拉斯（Patras）之間一樣。」聽她這麼一說我也覺得：「有道理，好像是噢。」至於這種比較有多少

偶爾看到的狗也很可愛噢。千倉港邊的漁夫阿伯和他的狗。阿伯頭上纏的頭巾很能表現出房總半島的地方風格，他的拖鞋也很有意思噢。狗和纏頭巾和拖鞋感覺也很搭配。我這輩子只養過一次狗，不過印象不太深刻。只記得是「非常普通的狗」而已。不過貓倒是都記得很清楚。

這是千倉的海邊。說到日本海水浴場播放的音樂真是吵得要命。我家附近的大磯海岸也是從早到晚大聲播著南方之星啦、Tube啦、The Beach Boys之類的歌曲。雖然用意是為大家提供免費服務，不過也實在平白給旁人添麻煩。

其實背景音樂只要海浪的聲音就夠了，最好盡量別弄出多餘的聲音來。我非常殷切地這樣希望。不過我知道這希望一定會被忽視。

人能理解和有眞實感，我就不知道了。

不過確實渡輪是一種感覺很不可思議的交通工具。搭飛機時走下飛機，自己會一下子就有「噢，這是另一個地方了」這種明確的感覺，可是搭渡輪的話，從到達目的地到實際適應身在那裡，卻很奇怪需要花一點時間。而且在那裡會感覺好像有一點類似愧疚的某種悲哀情緒縈繞不去（尤其是連車子一起上渡輪移動時，這種傾向尤其明顯）。我個人非常喜歡這種感覺。

減肥、
避暑地的貓

事到如今再來一一抱怨也不能怎麼樣，不過今年日本的夏天眞的很熱。熱得要死。雖然說有事情，但居然特地選這樣的時期回日本來也眞傻。什麼都不想做，沒辦法只好每天猛喝啤酒。

一個炎熱的下午，我到新宿百貨公司的展覽會場去看永澤誠先生的托斯卡尼繪畫個展，在那裡看到宮本美智子的書《世上最美麗的減肥》的牆面廣告，寫著「上年紀喝酒沒好事」這種訊息——當然採取的是更客氣一點的表現方式。當時就想：「說得沒錯，我也必須稍微少喝點啤酒才行」（她的說明非常有說服力），可是走出外面一步又熱得眞受不了，總之只能想到要去喝冰啤酒。因此，唉，還是喝了。今年夏天我喝的大多是麒麟的黑啤酒。我對品牌並沒有特別堅持，不過每次回日本看到各種沒看過的啤酒接二連三地排上酒店的貨架就覺得莫名其妙，而且大熱天時要一一去考慮該喝什麼也麻煩。

不過暫且不提那個，說到減肥書，一般容易被當作「美容須知」之類的來理解，但至少宮本女士的情況——我說至少，是因爲我沒有讀過這方面的東西——以「實用」性來說暫時把「實用」放一邊不提，我覺得好像同時也提供了一種生活方式。我現在雖然對有系統的減肥並不感興趣，不過讀著這本書時，以一個大約同年代的「自由業者」來說，她想說的事我好像可以理解。畢竟像我這樣不屬於任何地方的人，自己的事情總之必須從一到十全部由自己保護，而且，不管是減肥也好、健身也好，自己的身體某種程度必須確實照顧好，必須確定一個方向，自己做好管理才行。這其中需要有一個特定的系統或哲學，當然那方法或哲學，是否能普遍地套用在別人身上又是另一個問題。

我從學校畢業之後就從來沒有屬於任何組織，一直是一個人刻苦耐勞地一路走來，這二十幾年之間親身學到的事只有一件，那就是：「如果個人跟組織吵架的話，保證一定是組織贏。」這雖然是一項令人心都涼掉的結論，不過也沒辦法，這是不會錯的事實。個人想要勝過組織？社會可沒這麼好混。確實也有個人對組織看起來好像一時得勝的時候，但長遠來看，最後獲勝的一定是組織。有時候也會想到：「一個人活下去，反正也是為了踏上輸的過程而已。」不過，雖然如此我們還是一面想著：「唉呀，眞累人，」一面不得不繼續孤軍奮戰下去。為什麼呢？個人要以個人活下去，而且向世界指出自己的存在基礎，我認為這就是寫小說的意義了。而且為了貫徹這樣的姿態，必須盡量努力保持身體健康（比不這樣做要好得多）。當然這終究只是一個限定的想法而已。

這個暫且不提，讀了宮本女士的《世上最美麗的減肥》時，我想大家都各自在努力著啊。不過試著回想一下，十多年前我曾經和住在紐約的宮本女士一起到

劍橋地方的貓。隔著鋁絲網一直盯著這邊的眼睛真惹人憐愛，因此按下了快門。日期是錯誤的，所以請不用管它。（227頁的日期也不對。）

這是「佛蒙特州的橋」。陳舊的樣子真有古意啊。絕對不亞於愛荷華州的」。我從牆壁縫隙伸出頭來，等著芬西絲卡怎麼還不來。可是芬西絲卡一直都沒來。代替的是突然從森林裡跑出一隻兔子，一頭撞到水泥樁昏死過去，於是在河邊把牠烤了好好吃……這樣寫，一定也賣不掉吧。當然。

紐約的小義大利去，暢快吃義大利麵、暢快喝葡萄酒。那眞是一家令人愉快的餐廳。美好的時光，啊，Those were the days, my friend。

從攝氏三十六度的東京回到波士頓來，八月十日居然才攝氏二十四度，眞是舒服的氣候。既不會流汗，白天也可以不戴帽子慢跑。因此可以鬆一口氣了。我問房東，他說七月裡有幾天滿熱的，不過八月進入第二週之後新英格蘭地方也就眞的開始一下子涼了起來。我租的房子沒有冷氣，因此剛開始我還有一點擔心：「有沒有問題？」，不過去年實際在這裡度過一個夏天，熱到會想：「今天這麼熱實在沒辦法工作」的日子頂多也不過三、四天而已。

我們的車停在路邊，所以我的福斯車車上已經厚厚地積了一個月以上的灰塵。住在普林斯頓的時代，因爲車子停在附有氣派的有頂車庫（每個月租金十五塊美金），所以經常閃閃發亮，所到之處人人都會稱讚：「哇，好漂亮的車子，」現在外觀看起來已經相當沒勁，到處是傷痕，再也沒有誰會稱讚了（不能跟人比較）。不過性能上來說，這三年半之間，幾乎沒做過什麼保養檢查，也從來沒有出過任何麻煩，還繼續好好的跑著。我想這眞是相當爭氣的車子。有一段時期排檔很難打入第二檔，讓我不知道怎麼辦是好，不過這也沒什麼嚴重，開到附近的修車廠去，立刻就幫我調好了。只是——雖然不太能大聲說——引擎並不是多有趣的東西（＊我的福斯Corrado的引擎不是V6的，而是原本就配置了增壓器的）。

有一次我開著這部車到費城郊外去兜風，正在一個人煙稀少的十字路口等紅綠燈時，被四五個黑人少年團團圍住。一個叩叩叩地敲著駕駛座的車窗玻璃。「噢噢，這下子不太妙。」我嚇得提心吊膽：「什麼事？」對方嬉笑一下，只說：「喲，叔叔，這是新款的車吧，滿漂亮的噢。」而已。當時Corrado車型才剛新發售不久，所以他們只是好奇地盯著瞧瞧而已。我眞不該懷疑他們。不過也別這樣一聲不響地把人家包圍起來呀。人家會緊張的。

八月十七日。我們不在家的時候，車子一直放著不管對它很抱歉，於是回來後把車子開到洗車廠去洗個乾淨，檢查一下機油和胎壓，然後想試著讓車子跑一跑，於是決定開到佛蒙特州去做個小旅行。從波士頓開上九十三號公路筆直往北開，到佛蒙特北部繞一圈，也稍微進入加拿大一點，避開週末住了三夜就回來。

請仔細看看天空。有UFO在飛喲……這完全是鬼扯，只不過是牧場的柵欄而已。除此以外沒有什麼可以特別寫的。我在這附近拍到大白天正在做愛的牛，我主張選那張，卻被忽視了，設計的藤本兄選了這張。普通牧場的柵欄。

佛蒙特州的駱馬（llama）。佛蒙特州有很多農家養駱馬。駱馬每天到底在想什麼過日了呢？駱馬還是以拉梅茲法（Lamaze）生孩子吧？請不要問我關於駱馬的事。關於駱馬我幾乎一無所知。

北佛蒙特州美麗和平的農村地帶，在當地人的說法中把這裡稱爲：「東北帝國」，有點非民主式的名字。我不知道爲什麼會以這樣的名字稱呼，不過實際去旅行看看後，確實能夠體會到某種很有深度而沉靜的東西。美國這個國家開車旅行時，因爲實在太廣闊了，往往會覺得視覺上沒有趣味，但這一帶的風景卻有一點像歐洲似的，在其中移動著本身就相當愉快。起起伏伏的和緩丘陵地帶，森林河川牧場和湖泊接連出現，令人目不暇給。眞是開車旅行的理想地方，既沒有交通阻塞，也幾乎沒有紅綠燈，轉彎的角度正好像托斯卡尼似的非常舒服。我的Corrado也算是歐洲出產的車子，所以似乎很適合這樣的風土地形，因此一路上我都禁不住笑咪咪的好開心。四天開了七八〇英里（約一二五〇公里），花掉的汽油才不到四十美元（當然是無鉛高級汽油），這眞是壓倒性的便宜。以日本的說法等於一公里才三日圓。高速公路的過路費總共才七十五分之便宜。這樣看來，我深深感覺在日本開車旅行眞是不合理的行爲。首都高速公路完全是惡霸地方官一樣，您不覺得嗎？

佛蒙特州有很多美麗的鄉村小旅館，沿路到那樣的旅館一家一家去投宿也是樂趣之一。因爲是在美國，所以並不能像在托斯卡尼那樣吃到令你眼珠都要掉出來的美味餐飲，不過材料新鮮、空氣美味，不知不覺肚子就餓了，餐點總是可以吃得很愉快。只是，因爲佛蒙特州的名產是乳製品和楓糖，一直好吃好吃地吃著之間，確實會變成「世界不再美麗」了。實際上在佛蒙特州遇到的女人，百分之八十五完全是「海獅體型」。怎麼全都這樣肥嘟嘟的呢？眞服了。走在路上看來就像腰圍外面又用棉被纏一圈似的胖呼呼的。美國我也跑過不少地方了，不過還是第一次看到這麼多胖的人集中在一起的。眞希望請他們都來讀一讀宮本女士的書。雖然他們也許是自願要變成那樣胖的。我們盡量吃清爽的蔬菜餐，每天省掉午餐不吃，就算這樣，他們的餐點對我們來說還是覺得量很多。旅行雖然是一件愉快的事，不過上了年紀之後，每天繼續在外面吃東西還是會漸漸覺得吃不消。

旅行中我把讀到一半的提姆·歐布萊恩的新長篇小說《鬱林湖失蹤紀事》帶去一直讀著。這本小說的部分篇章，以前我在歐布萊恩的朗讀會上聽過，因此知道大概的情節。一個被大家稱爲「sorcerer（魔術師）」的越南退伍回來的士兵出馬競選參議員，但因爲在戰場的殘酷行爲被揭露出來而斷送了政治前途，後來爲了重新站起來而隱居到森林裡，在那裡意外地……這樣的故事，相當濃密地展開神祕的情節。故事有趣，寫得非常好，不過我覺得有一點「過於閉塞」的傾向，可能不太能被一般人接受。他的小說經常會有暢銷、不暢銷，每隔一本互相交替的傾向。其實不受一般讀者歡迎也沒關係呀……。

讀完歐布萊恩之後就沒東西可讀了，因此我到附近的舊書店去逛一逛，大傷

腦筋之後（旅行中帶去的書看完後很傷腦筋），以一美元買了托馬斯・曼的短篇小說集，我決定讀其中的一篇 **“Tonio Kröger”**（《東尼歐・克洛格》）。**“Tonio Kröger”** 這一篇我初中的時候讀後就沒再讀，情節也記不太清楚了。為什麼會想要讀這麼古老的東西呢？因為我想如果不是這種特別機會的話，以後恐怕也不會重新再讀了。可是坐在旅館的沙發上，一個人安靜地讀著托馬斯・曼時，還真有一種悄悄透入心中的地方。重新回頭讀時，也許會想：「嗯，並不是什麼太了不起的小說，」但依然值得一讀。

佛蒙特州主要是住在波士頓、紐約一帶富裕的人，夏天想到別墅來悠閒地度過的地方，所以有很多以這些人為對象的舊書店。在類似「居然在這樣小的街上也有」的地方，可以發現齊全得令人驚訝的充實書店。對美國人來說，一年之中最適合讀書的季節是夏天。無論到海邊、到游泳池、或到山上的避暑地，你會驚訝地發現每個人都抱著一本厚厚的書翻開來熱心地讀著。《君子》（Esquire）雜誌一到夏天也會推出每年例行的「夏季閱讀」特集。我問美國人：「為什麼你們一到夏季，熱得要命還那麼熱心地讀書呢？」大家都一臉驚訝地回答說：「因為夏天有很長的假期呀，那時候就可以把平常沒時間讀的書拿來讀，這不是很自然嗎？」

日本一般把秋天視為讀書季節，所以夏天的書普遍銷路不佳，這大概因為日本的夏天，要集中精神讀書——不管你多有空——天氣都太熱了吧！像那樣，所謂文化其實有很多細微的地方都會產生些微的不同。因此，在美國夏天書賣得很好，當然避暑地、觀光地的書店生意就會很興旺。這些大多不是賣新書的專門店，而是舊書店。人們讀過的書就在當地賣掉，再交換新書來讀。於是像這樣就產生了所謂exchange書的交換店，並發展壯大起來。

偶爾無意間走進這樣的避暑地書店，花幾個鐘頭慢慢選書也是一大樂事。這樣的書店裡，大多輕聲播著專門放古典音樂的ＦＭ電台節目，角落的椅子上躺著一隻正在睡午覺的大貓，戴著眼鏡的女人正在看店。你進門之後，她會對你微微一笑，以稍微緩慢而帶有腔調的聲音招呼道：「Hello, How are you?」，我摸摸貓的頭時，就會告訴你：「這隻貓名字叫做××。」一切看起來都像是去年夏天繼續的幻影一般。相當美好。

譯注：

1. 即電影《麥迪遜之橋》的那座橋。

狗又出現了。這是我投宿的旅館主人養的狗。我跟這隻狗混得很熟之後，一起到附近的山野去散步。不過就算混熟了，狗在想什麼，我還是不太知道。這家民宿是從農場改裝的，因此後山附有越野滑雪的廣闊雪道。我想冬天一定要再來一趟，但因為工作忙碌而無法來。

這是「佛蒙特州的鴨子」。旅館後方一座小山丘上有一口水池，我在那池邊遇到這隻鴨子。有一天鴨子on a hill。混合英語的遊戲句子是不是很無聊呢？真沒辦法。

Scumbag、
快樂的風琴爵士

前幾天我在一個大賣場的停車場，一不小心竟然在不是優先車道的地方把車子先開出去了，結果被優先車道上三十歲左右的黑人駕駛從開著的車窗破口大罵："You scumbag!"（人渣！）確實是我不對。不過不是我找藉口，地上的白線已經消失，看不清楚到底哪邊是優先的了。何必那樣認眞的生氣呢？

住在美國的時候，到處聽到"fuck you"、"bastard"、"son of bitch"、"ass hole"、"mother fucker"，這種通俗的罵人字眼，已經非常習慣了，被罵到的時候也不會特別覺得怎麼樣，"scumbag"這話當然我是知道的，不過實際上眞的面對面被這樣罵還是頭一遭，所以有一點嚇一跳。「嗯，scumbag？」

"scum"是垃圾的意思，按照字面來看的話意思是「垃圾袋」，我找字典查一下，字典上寫著：「對沒有價值也沒有道德心之輩，所投的侮蔑言語，或指保險套」。原來如此。我是個無價值而沒有道德心之輩呀，以前確實想到過說不定自己就是這樣的人……。不過被人用這種新鮮字眼（當然是指對我而言）怒罵時，雖然被罵卻並不覺得怎麼難過。只像發現了稀奇的昆蟲那樣，或僥倖得到了以前得不到的棒球卡時那樣的心情。這在美國和在日本都一樣，如果想要收集世間的髒話和粗暴靈魂的話，只要在大都會裡把車窗搖下來在路上開車就行了。

我把家裡最重的書《Random House英語辭典》（英語版，重得要命）特地搬出來翻開看看，原來這"scumbag"一字的產生，大約是在一九六五到七〇年之間。不過其中並沒有古意盎然之類的特殊趣味存在，再小心留意一下周邊看看，這"scumbag"一字似乎還活生生存留在日常生活中，相當常被拿來當罵人的話。例如上次我看錄影帶《惡夜追殺令》時聽到兩次，在Bret Easton Ellis的新小說*The Informers*中也出現了一次。

不過我在翻譯美國小說時，每次都覺得（而且現實上也很傷腦筋），要把這種罵人的話直接翻成日語並不簡單。例如這"scumbag"在我所愛用的研究社《讀者英日辭典》中，就解釋成「討人厭的傢伙」，嗯，確實沒錯是那樣的意思，可是照這樣的話，翻譯上卻不太能用。在日本這種情況，以感嘆詞來使用的侮蔑用語還是「馬鹿野郎！」（馬鹿やろう！）比較恰當，如果在關西的話則只能想到「阿呆！」或「糊塗！」的程度。對多采多姿的美國罵人用語，日語能適用的眞的不太多。爲什麼呢，要是這樣問我，也很傷腦筋……。我聽單口相聲時，或聽到夏目漱石的《貓》作品朗讀時，尤其感覺從前的日語裡罵人用語好像還相當豐富，可是很遺憾（是不是這樣我不清楚）現在並不是這樣。

關於像這樣的罵人用語，以我貧乏的經驗來談的話——當然因爲不同場合而有所不同——我覺得不要刻意逐字一一忠實翻譯反而比較正確。很多情況只能適度地把意思分散到文脈中去，或以細膩的用字遣辭來做暗示。翻譯小說，尤其在讀和神秘懸疑有關的書時，像有時候看到「鐵鎚頭（死腦筋）」或「腦天氣野郎（輕薄）」或「唐變木（木頭人）」之類的，總覺得像勉強轉換成日語似的罵人用語，我每次都會嚇一跳。這種話實際上誰也不會說的。不是嗎？如果我在外苑西通被迎面而來的車子駕駛人怒罵：「鐵鎚頭！」的話，恐怕會哇地嚇一跳，車子就那樣撞上電線杆了。眞危險。"Bitch!" 最好也不要譯成：「婊子」、「賣春女」、或「女流氓」。又不是從前的日活電影，現在如果實際用到這種話是會被大家笑話的。

因爲這樣，所以我把 "son of bitch" 和 "mother fucker" 當作一種「翻譯用語」（也就是像 "counterculture" 和 "virtual reality"），目前個人正在推廣這種用語的落實運動。那麼就不必一一勉強轉換成日語了。我把這簡稱爲「son of mother 普及運動」，如果能蒙您支持合作的話，眞是感激不盡。有一點困難的是 "son of bitch" 的複數形，就成了 "sons of bitches"，所以大概很難固定下來吧。眞傷腦筋……也還不至於到這個地步。

除了罵人的話之外，招呼用語「甜心（honey）」也是想直接當日語使用的美語之一。其次還有「做愛（make love）」可能的話也希望悄悄地放進文章裡去。因爲如果翻譯成「交歡」，語感還是有點不太順。如果被誤解就麻煩了，這只限於翻譯文章時的建議，老實說我實在不太願意去想像，年輕人在澀谷一帶事實上眞的很帶勁而有點無厘頭地招呼道：「嗨，honey，要不要make love？」的光景。被搭訕的女孩子心裡也想：「是嗎，make love，嗯，好啊。」可是，這實際上有可能噢。眞可怕。

不過，話說回來，Bret Easton Ellis的小說新作相當有趣。雖然正在讀著時還嘀嘀咕咕唸著：「怎麼搞的，一頁一頁的翻著翻著都好像同樣的事一直繼續不斷地拖延而已嘛！」（在讀《美國殺人魔》時也有同樣的感覺）讀完後所留下的某種茫漠的虛無感，和完全毫無陰濕感的虛擬現實（virtual real）式的哀愁，確實只有這位作家才能營造得出來。我想他還是一位很有才華的作家。尤其那方面的技巧到底是有自覺的還是無自覺的，那界線連讀者也不清楚的地方眞是說不出的可怕和偉大。這種傾向和二〇年代的史考特・費滋傑羅眞是有點相像。所謂「嘔心瀝血地描寫時代的作家」，是我給Ellis的形容句子，您覺得怎麼樣？因爲他用的英語應該不難，有興趣的人不妨讀讀原文。那樣的話他想表達的意思也能確實

PARKING

傳達過來。每一章的敘述者都在改變，要適應聲音的變化雖然稍微需要花一點時間，不過習慣了這種做法之後，倒也能夠相當順暢地讀下去。

我有一次在紐約某個地方召開的晚宴上偶然坐在Ellis先生旁邊，當時私下談了相當久。穿著和小說一樣帥氣，名副其實的雅痞，不過並不是那種侃侃而談的類型，他眞正在想什麼，或正感覺到什麼，就像小說那樣，有我所無法推測的地方。往往有人把他和傑．麥克倫尼（Jay McInerney）相提並論，麥克倫尼感覺在很多方面似乎和他成爲對照。麥克倫尼先生基本上是直接而健康的，Ellis則不是這樣。當然這只是我個人所得到的印象而已。

我所住的麻州劍橋這地方，有兩個相當氣派的爵士俱樂部。這對爵士樂迷的我來說，是一件非常可喜而値得慶幸的事。因爲住在紐澤西州的郊外城市普林斯頓時，要去聽爵士樂現場演奏是一件需要下相當大決心的大事。住在美國都會雖然有很多辛苦勞神的地方，不過這種時候則非常方便。

一家是在哈佛廣場的The Regatta Bar，另一家則是在查爾斯河對岸波士頓那邊的Scullers。兩家都是在大飯店的大樓裡，不過兩家的價格都算合理，每天晚上都可以聽到一流音樂家的演奏。店裡氣氛親密，也可以用一點輕食餐。不會像東京青山的某一家B字頭的店那樣，好像讓顧客坐在家畜列車裡聽爵士樂那樣，彆扭極了。這兩家的服務也不錯。可以事先電話預約，也有停車場，所以很方便。只是顧客幾乎都是三十歲以上的白人情侶，不太看得到黑人出現。所以……可能因爲這樣，氣氛比起紐約的爵士俱樂部要顯得高雅而穩重。

八月二十九日，我到這家Scullers去聽電風琴手Jimmy McGriff和中音薩克斯風手Hank Crawford的雙人四重奏的演奏（順便一提，這天晚上的收費是一個人十九美元，而且附飲料）。這眞是勁道十足而愉快的演奏，聽得眞過癮。現在在美國要聽現場演奏的話，這方面「非純文學系」的黑人爵士高手（我自己擅自給他們取了個名字叫「嘿嘿嘿！路線」）最恰當，我這種說法在這裡又得到印證。本來的勁道和音樂性概念單純明快、沒有任何祕密或機關或什麼，只有「嘿嘿嘿！」而已，這方面高手的本事似乎歷經歲月依然毫不衰減。最近Blue Note或Prestige唱片公司系統的這方面六〇年代「嘿嘿嘿！路線」似乎受到一部分年輕人的注目，確實這種心情我也可以理解。不過和最近在中古唱片行裡，Lou Donaldson與Shirley Scott的唱片有點異常的高價比起來，我覺得以Hank Crawford爲首的大西洋唱片系統的音樂家，令人意外地沒有再度受到重視，不知

排列在拍賣會場的古董車。非常漂亮，但是如果擁有這種車的話，世界就會變成地獄。故障多、沒有替換零件、找地方停車傷腦筋、耗油、維修費高。速度不快……雖然如此，遇到很古老的珍奇Corvette或法拉利推出拍賣時，我的心還是會怦怦跳，動搖不已。因為那價格恰恰定在不會讓你買不起的程度。拍賣在大倉庫中進行，老車子簡直就像家畜般一一被買走。真的想買的人，在車子實際開進倉庫以前似乎已經仔細看過車子的情況，也和主人談得差不多了。

道原因何在。爲什麼噢？

這個McGriff / Hank Crawford樂團的曲目範圍相當廣，也就是把所謂六〇年代大西洋風的放客，和五〇年代康特．貝西（Count Basie）的曲子混合起來，渾然化爲一體。感覺上Hank Crawford比較偏向前者，McGriff比較偏向後者。不過這兩個人因爲交情已經很久了，所以很有默契，呼吸完全吻合，選曲方面完全沒有不對味的感覺。Hank Crawford那連綿近乎炫技的深度很不錯，McGriff輕飄飄悠揚而從容不迫的獨特縱深也很舒服。兩個人的人格已經原原本本清清楚楚地表現在聲音中了——我這樣感覺——不過不管怎麼說都很棒就是了。這天晚上Scullers的客人中有好幾對上了年紀的黑人夫婦。《波士頓環球報》的評論寫道：「掌握樂團主導權的再怎麼說還是McGriff的風琴」，實際上並不是這麼回事（我猜這位記者說不定正好坐在風琴正前方的座位？），Hank Crawford的中音薩克斯風和以前一樣興致勃勃精力充沛地面對滿場客人。尤其令人懷念的Daddy's Home這首曲子，才一吹出主題就引起觀衆席的喝采了。讓人想哭。噢，眞棒。而且結尾不用說，就是那首名曲兼名演奏的*Teach me tonight*。鼓掌鼓掌。

興奮之餘，第二天我立刻到哈佛廣場的Newberry Comic唱片行去，買了Hank Crawford兩片一組的豪華盒裝精選盤ＣＤ（二十四美元）。現在正一面愉快地聽著，一面在書桌前寫著這篇稿子。不過在連續聽了三十一首Hank Crawford之後，確實也覺得有點辛苦。畢竟有三十一首之多啊。

寫小說、
開始打迴力球，
還有到佛蒙特州去

最近因爲正在熱心寫小說，所以每天早晨五點整就起床，夜晚九點過後已經上床呼呼大睡了，過著這種生活。以我的情況來說，在寫長篇小說的時候，這種生活型態似乎最理想，每次大體上都會自然變成這樣。自然開始睏，自然醒過來。當然每位作家，都擁有各自不同的工作型態。有一次我在出版社工作用的山莊，和橋本治先生一起住過一星期左右，每天只在晚餐桌上碰面。橋本先生大約從晚上九點左右起才慢慢開始工作，我大概從那時候開始慢慢入睡，所以除了在同一個時刻用晚餐之外，時間完全錯開。我們兩個人如果組成搭檔，輪班制來經營便利商店的話也許很方便。

中間夾雜早餐大約工作到上午十點半左右，然後到大學的游泳池去游泳，或在附近跑步一小時左右，然後用午餐。下午大體上爲了轉換氣氛，而做做小說以外的工作（或翻譯，或寫像這類的隨筆），或到街上散步一下，買買東西，或辦一點事務性日常雜事。晚餐後偶爾看看電影錄影帶，不過大多一面悠閒地看看書一面聽聽音樂。除非有特別的事情，否則天黑以後完全不工作。現在天黑以後大概都躺在沙發上讀著約翰・厄文的話題新作《馬戲團的兒子》（*A Son of the Circus*），他的小說照例非常長（也不能光說別人不檢討自己），不知道什麼時候才能讀完。如果讀完的話再做報告。不過總之很長噢。

佛蒙特州農家庭園前面正在自售青菜。因為實在便宜所以就買了一大堆回家。雞蛋真是讓人難以置信的便宜又新鮮。這一帶的農家主婦全都結實而肥胖。據說佛蒙特州冬季期間自殺和殺人的件數會驟然提高許多。因為下雪的關係，人家被關在屋子裡，心情開始鬱悶起來，這一般稱為幽閉症。雖然是美麗的土地，不過也不是只有好事而已。

早晨一面工作一面有意無意地聽著古典音樂ＣＤ。清晨放比較小音量就能聽的巴洛克音樂，接近中午時則多半聽一些時代稍微往後推的東西。下午隨心情的轉變或聽爵士或聽搖滾——最近常聽的是雪瑞兒・可洛（Sheryl Crow）和 Arrested Development 的新東西。晚餐之前喝一小瓶啤酒（最近多半喝 Samuel Adams 的 Cream Stout 或海尼根），然後在沙發上喝一杯 Smirnoff Citrus 伏特加，加冰塊再擠一整顆檸檬的汁進去。這樣大概就睏起來睡著了。睡覺前如果喝太多或吃太多，早晨起來時頭腦會不太靈光，所以刻意控制著。因為早晨的時間對我來說是非常重要的。還有我們通常已經不到外面去吃飯了。當然不用說，和朋友交際應酬這種事情也幾乎完全沒有。

就這樣，集中精神寫小說時，生活就一貫變得單純而規律。繁雜瑣事便漸漸從日常生活中排除出去。在日本時還難免會有各種雜務和交際，很難像這樣做到完全規律（要是勉強做的話顯得太不融通，不融通的話工作就會變得有一點難做），人在外國的話這就有可能實現，對我幫助相當大。所以每次想寫長篇小說時，我就會不知不覺去到國外。如果要問我：「這樣嚴格而內向地過著孤獨的人生，到底有什麼樂趣呢？」，我也很傷腦筋，嗯，不過那也沒辦法。每個人都有不同的生活方式……。

不過每天過著這樣內向的生活時，老實說，自己不太會有住在國外的眞實感。不用說我跟太太在家裡一直用日語對話（雖然常常有人勸我英語要說得好，夫婦最好用英語對話，不過這種事情實在做不來），出去外面耳邊聽到擦身而過的人都說著英語時，往往才恍然醒悟過來實際感受到：「啊，對了，對了，這是美國啊。」如果每天面對書桌一點一點地寫著小說的話，會開始感覺結果身在世界的任何地方不是都一樣嗎？

常常有人問我：「在美國寫，和在日本寫，所寫出來的小說會不會很不一樣？」到底怎麼樣呢？應該不至於有什麼不一樣吧。所謂人，尤其像我這種年紀的人，不管生活方式也好、書寫方式也好，不管好壞，總不會因爲場所不同而有大幅變動。尤其以我的情況並不是「因爲住在外國，所以寫以外國爲舞台的作品」。

而且我到目前爲止，長久以來一直過著像搬家狂似的流浪、不固定的人生（並不是刻意希望這樣的），比起別人來，我的身體好像已經變得不太在意移居這回事了。試想一想，過去我所寫的長篇小說，分別都在完全不同的地方執筆。《舞舞舞》這本小說的一部分在義大利寫，一部分在倫敦寫，如果問我什麼地方不一樣，我也完全不知道。《挪威的森林》是在希臘和義大利來來回回之間所寫

的，什麼部分在什麼地方寫的，我也幾乎記不得了。史考特・費滋傑羅《大亨小傳》的大部分是在法國南部寫的，對於這本非常傑出的美國小說，現在應該沒有人還在意執筆地點了吧？小說不就是這樣的東西嗎？

想得嚴重點，甚至有人認定在美國久住的話，日語會變得怪怪的。確實對新的流行語之類的可能會開始生疏（所謂「chi-ma-」[1]到底是指什麼樣的人呢？）不過這種事情不知道，我也絲毫不覺得有關係，況且本來住在日本的時候我對流行語就幾乎一無所知。如果只是離開個四、五年，母語就會講得不正常的話，那麼本來就沒辦法當作家吧？另外，我個人也會這麼想：「就算日語變得有點怪又何妨呢？」

除了跑步和游泳，我最近也開始和大學的同事查爾斯一起每星期打一次迴力球。長久以來，我一直只做跑步和游泳，這類只要默默地一個人做的運動。不過因為查爾斯說：「如果你有興趣的話，我可以教你迴力球，」我想是個好機會，於是決定跟他學。我到運動器材店去買了球拍和專用的鞋子回來。我所屬的Tufts大學有七座設備完善的迴力球場，除了特別情況之外通常都空空的，任何人都可以不必預約隨時自由使用，因此眞是非常幸運。當然是免費的。迴力球可能是從打牆壁的網球發展出來的吧，因此心血來潮的時候也可以自己一個人去練習，非常方便。

身屬美國大學特別值得高興的事情之一就是，體育館和其他類似的體育設施非常完備，而且不太擁擠。一想到東京近郊的私人健身俱樂部之擁擠和會費之高，這裡眞可以說是天堂了。只要選擇適當時間，二十五公尺游泳池幾乎可以自己一個人盡情使用一個泳道。我這輩子因爲從來沒有歸屬於任何組織過，因此很想在此時盡情享受這種「有所歸屬的喜悅」。住在美國的日本人大部分到學校去熱心學英語，或勤快地去造訪美術館和博物館，比較之下積極使用體育館的人不太多，我在某處看過這樣的統計。如果眞是這樣的話，我覺得有點可惜。說到這裡，我回想一下，住到劍橋來以後我沒去過一次美術館（這裡有著名的波士頓美術館。不過這不能說太大聲，不太有趣）。

迴力球畢竟是速度很快的競技，所以只要打一下就汗流浹背了。因爲會激烈地用到平常不太使用的肌肉，所以最初幾星期腿和腰部肌肉非常痠痛。不過一旦習慣了球的回彈，就會漸漸懂得移動身體的要領了。盡情流汗一小時左右之後，沖個澡再回家時，來一罐山姆·亞當斯的Stout英國風黑啤酒眞是非常美味。

九月二十四日。來自佛蒙特的塔拉小姐說要帶小孩回娘家，邀請我們在這期間去她們家玩一下，因此，夏天之後我們又去佛蒙特州做了一次小旅行。雖然說是玩一下，但以距離來看，從我們家過去單程就有三百公里之遠，不過現在正是紅葉很美的季節，而且一直在集中精神執筆寫小說，也在家窩太久了，所以乾脆開車出去轉換一下心情也好。上次旅行之後，就相當喜歡佛蒙特州了。

大清早離開波士頓上高速公路，一路往北開。在美國每一州的交通法規都不同，一離開麻州之後，最高速限從五十五英里提高到六十五英里——也就是指實質上開到八十英里爲止還算ＯＫ。換算成公里的話，等於時速一二八公里。路上空曠時（大多都很空曠），眞是相當舒服。美國的高速公路說什麼都讓人高興的是，完全沒有任何既醜陋又愚蠢的交通標語。清清爽爽的，眞舒服。這是我從很久以前開始就大力主張的，難道在陸橋上掛一塊「努力達成交通事故零死亡率」的布條，世界上的交通事故就會因此而減少一件嗎？那種毫無意義、毫無效果的東西，居然吃飽了沒事幹，大搖大擺把那掛到馬路上去，這種神經大條的行爲我眞不了解。寫出來的句子大多沒品味，讀起來令人不快。我絕對不是說美國比日

佛蒙特州北部，塔拉女士父母親的家。如果稍微再北上一點的話，已經很靠近加拿大的國境了。後面看得見的是自家用的吊橋。一走上去就會搖搖擺擺的，不習慣的話還真有點可怕。不過他們家後院的土地上有美麗的小河流過，真是太棒了。雖然冬天很冷，不過因為塔拉小姐的母親來自挪威，所以好像不太怕冷。他們請我們吃了以蔬菜和乳酪為主的晚餐。

本偉大，不過至少美國人不製作交通標語，這一點比日本人偉大。

塔拉小姐家的庭園裡有一條清澈的小河流過，那上面架著私人用的吊橋。河裡也可以釣鱒魚。聽說有時候還會有麋鹿從山上下來，眞是個充滿野趣的地方。還說一到夏天全家人就到山上的祕密湖邊去，大家脫光衣服裸泳呢。非常健康而活潑的一家人。平常爸爸和媽媽兩個人住，這時正好姊姊也回來玩，晚餐的時候塔拉小姐的媽媽親手做了美味的蔬菜餐請我們。

塔拉小姐高中時代曾經以交換學生的身分到日本來過，每次在日本自我介紹說：「我是從佛蒙特州來的」時，人家總會說：「啊，那個出咖哩的佛蒙特州嗎？」剛開始她非常驚訝。也難怪會驚訝。因爲對美國人來說佛蒙特州和咖哩，是八桿子也打不著的（就像滋賀縣和鮭魚子飯搭不上關係那樣）。對美國人來說，一提到佛蒙特州會聯想到的應該是「月亮、滑雪場和冰淇淋」。確實蘋果和蜂蜜是這一帶的名產，話雖這麼說，不過實際上到這裡時，可能看不到正在吃「蘋果蜂蜜咖哩飯」的人。

順便一提，安西水丸畫伯很喜歡吃咖哩飯，甚至敢發豪語：「咖哩飯我可以連續吃一星期都沒問題。」我雖然沒有水丸兄那麼熱情，不過我也相當喜歡吃咖哩飯。住在美國時，常常會很想吃神宮前那家Ghee的辣咖哩。波士頓有很多道地的印度餐館，我有時候也會去吃，不過話說回來，日本咖哩餐廳的咖哩相當不可思議，眞是令人懷念的東西之一。

還有，肉店賣的可樂餅也是。在肉店買了熱呼呼剛炸好的可樂餅，再到隔壁麵包店買個土司麵包夾起來，坐在公園的長椅上，就那樣一面呼呼地吹著一面吃的快樂，是只有在日本才有的。嗯啊，好懷念。太想吃了。

譯注：

1. chi-ma-：日本九〇年代流行語，根據英文"team"與"-er"所造的詞，指蹲在便利商店停車場喧嘩的一群年輕人等，但與單純不良少年少女意思有些不同，特別強調他們「不是團體就不能行動」的特徵。

形形色色的郵購、
快樂貓的
「吃飯、睡覺、遊戲」手錶

美國很盛行郵購，跟國土太廣也有關，一旦習慣之後，眞是既方便又愉快的事。只要看型錄打免付費電話訂購，大約三天左右，ＵＰＳ或聯邦快遞就會迅速地把實物送到家。用信用卡付賬所以簡單極了。送來的東西如果不滿意，還可以叫快遞公司來原樣退貨。沒有任何麻煩。我認識一個美國女人，她用郵購買了晚宴服，穿了去赴宴，第二天再說：「我不太中意，」而很乾脆地退貨。不過這種做法還是有一點過份嗅。

一旦習慣這種郵購生活之後，就會開始覺得特地到鬧區去逛商店還挺麻煩的。在美國，因爲不像在東京那樣，只要到新宿或銀座去，什麼都可以買齊，因此不得不東跑西跑，一家店和另一家店之間的距離又遠，要找停車的地方也不簡單。光爲了買東西就搞得累趴趴了。郵購只要登記過一次之後，每個月都有各種公司會陸續寄漂亮的郵購商品型錄來，這些光看著都不會無聊。

至於到目前爲止我所郵購的東西，覺得滿意的有如下：

(1)首先是在L. L. Bean所買的木製大型室內晾衣架。因爲不能把衣服曬在外面，又不太喜歡用烘乾機，室內晾衣架對我是必需品，這可以晾的量又很大所以非常寶貴。而且比起一般塑膠製或金屬製的「功能導向」實用晾衣架來說，這種倒有一點鄉土風味吊兒郎當的調調，放在房間裡也不太會有鬱悶感。今天天氣很好，所以可以來一面聽Ry Cooder或Nitty Gritty Dirt，一面把洗的衣服晾起來，會有這種開朗心情……這樣說雖然有點誇張，不過還不壞。定價三十八美元。和一般到處有賣的晾衣架比起來，雖然稍微貴了點，不過因爲是每天要用的東西，所以我想這樣的奢侈還可以容許。只是，上面到處都看不到L. L. Bean的商標，所以如果喜歡有品牌的人可能會有點美中不足的感覺。L. L. Bean品牌的東西，我另外還愛用筆記型電腦的軟套子，也相當方便（這個倒確實附有商標）。

(2)我看了《紐約客》雜誌的廣告後所訂購的貓手錶。錶面代替數字的是反覆出現「吃飯」、「睡覺」、「遊戲」這三個單字。試想一想，這和井上陽水從前的廣告[1]完全一樣。價格我想是六十美元左右。已經用了兩年以上了，不過時間還非常正確。因爲完全沒有附加多餘的功能，所以非常好用。我很喜歡，心想也許什麼時候可以送給什麼人，所以就一口氣買了兩只。戴上這手錶走在街上時，一定會有人看到然後招呼道：「哇，好有趣的手錶噢」（美國人就是這樣，動不動就愛跟你打招呼）。而且大家都會說：「對了，EAT、NAP、PLAY，人生就是這麼回事嘛……」半帶感嘆地說。這種想法，好像全世界到處都差不多，那句Cefiro的廣告詞說不定在美國也會相當受歡迎噢。

我去見《紐約客》的編輯時把這手錶亮出來，說：「這是看了貴雜誌的廣告訂購的噢。相當好用，」問我多少錢，我說：「六十塊美金，」編輯居然笑著說：「這種東西呀，成本一定只有二十五塊。」喂喂，自己的雜誌上登廣告賣的，總不該這樣說吧！我想，不過想想《紐約客》也真是的，居然會刊登這樣奇怪的廣告。但至少這貓手錶時間很正確，我倒很願意推薦。

以我的原則來說（或者好像也可以說只是小氣而已），基本上價格在一萬日幣以上的手錶我是不會買的，相對的，便宜手錶卻有很多。因此換夏令時間和冬令時間時，要一一調整，眞是非常麻煩，不過抽屜裡塞著一堆手錶，當天隨心情的不同而拿出來替換，也相當有意思。我想手錶只要時間對的話就行了，光一只手錶就要花上二、三十萬的人，他們的心情我眞不明白。

有一次我花了四千圓買了一只「菲力貓」的手錶，非常喜歡，不過卻看不順眼上面附的錶帶，於是請他們幫我換了一條五千圓左右的皮錶帶。現在回想起

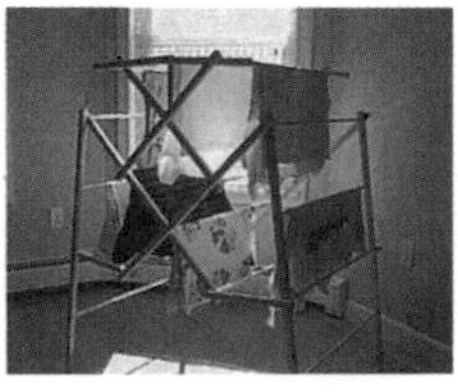

L. L. Been 的晾衣架

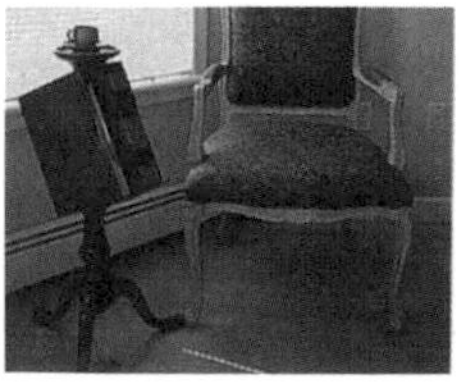

咖啡桌

「吃飯、睡覺、遊戲」的貓手錶實物。光看著手錶就覺得好像已經輕鬆起來了。焦急也沒有用，只不過是人生嘛。這要是水丸兄的話可能就會變成「畫畫、喝酒、睡覺」的手錶吧。如果是俄國葉爾欽總統的話也許就成了「怒罵、喝酒、賭氣睡」手錶了（當然錶面的漫畫應該由Hisaichi Ishii[2]來畫。不過，那種手錶我想大概賣不出去吧）。

來，以心情上來說，那可以算是我這輩子數一數二奢侈的舉動。舉例來說，就像用礦泉水刷牙一樣的感覺。不過要說沒什麼了不起呀，確實也沒什麼了不起，不過當時確實需要相當果斷地下決心。

(3)這不是郵購買的，而是我在經過新罕布夏州的一個地方時，在一家名牌特賣店隔壁的古董家具店，偶爾看到的一張形狀有點古怪的咖啡桌。雜誌架和咖啡杯座合成一體。一九三〇年代的東西，材質還不錯，而且滿堅固的樣子。附加一套兩冊一九三六年發行的百科全書，價格算一二五美元。我想這應該很划算吧。實際上這附有咖啡杯座的雜誌架在生活上是否很實用呢？嗯——嗯——，好像不太實用的樣子。不過放在房間裡氣氛倒也不做作，感覺相當不錯。在那家古董店我們還買了鏡子和各種東西。都很便宜，不過還是試著殺了兩成左右的價，老闆好像不太起勁似地說：「好啦、好啦，喜歡的就都拿去吧，」糊裡糊塗就答應了。兩個月後又經過，食髓知味想再看看時，那家店卻已經不見了。那時候還有其他更多東西也應該買回來的。

順便談談買東西的事。

上次我在哈佛廣場附近逛的時候，鞋店Jack Purcell正在拍賣鞋子，於是我以不到二十美元買了一雙深藍色布鞋。從前很平常的Jack Purcell。我並不特別熱愛，只是便宜就順手買了。這種鞋子在日本應該也很容易買到。可是從買了那雙鞋的第二天開始，我卻開始遇到有點奇怪的事。很多人看到那雙鞋子就跟我說：「噢，這不是Jack Purcell嘛，你在哪裡找到的？」，讓我確實吃了一驚。

首先是聯邦快遞送貨的年輕小弟，在門口盯上那雙鞋。然後是美容院的老兄問我。在街上遇到不認識的人也把我叫住（這些人眞是常常會跟人開口招呼），說：「我以前也有過和這一樣的深藍色鞋子。好懷念啊。告訴我你在哪裡買的？」我當然就好好告訴他了，不過爲什麼在美國（至少在波士頓）大家都對Jack Purcell的深藍色運動鞋感到那麼稀奇呢，我完全無法理解。簡直像被狐狸迷住了似的。但當然要比莫名其妙地被丟石頭要好多了就是。

或許在我不知道的時候，Jack Purcell的這個鞋款曾經一度停產過吧。如果有人知道這方面詳細情形的話，請務必告訴我。現在覺得重量有點過重了一點，還

有橡皮的氣味也太重，這是缺點（在鞋子已有戲劇性進化的現今，這可能已經成爲恐龍般的存在了吧），只是從設計上看來，我想確實是看不膩的簡單造型。如果你問我要不要再買一雙的話，不用，我只能回答暫時不必了。

順便再繼續談談買東西的事。

一九九一年我剛到美國的時候，在我家附近的中古唱片行發現一張Matt Dennis的《Plays and Sings》原版唱片，賣三十四美元。我從以前就非常喜歡這張唱片，已經擁有KAPP版、日本發售的Decca / MCA版和ＣＤ三種之多了（眞是相當喜歡收藏），Trend版是最早的原版，以東西來說確實有點稀有而難得。不過「三十四美元說起來還是有點貴吧。何況同樣的東西已經擁有三張了」，於是我足足煩惱了將近三個月。當然並不是沒有三十四美元，而且我非常清楚如果在日本要買這張唱片的話，這個價錢也絕對買不到，不過以我的感覺來說——或以在地的感覺來說——三十四美元的價錢是貴了一點。收集老唱片畢竟是我的興趣，所謂興趣就像由自己定規則的遊戲似的事情。如果只要拿得出錢來，就什麼都買得到的話，這樣一點也不好玩。所以就算人家說這比行情便宜喲，只要自己認爲：「定價有點貴的話，」還是算貴。所以在煩惱之餘終究沒有買。

話雖如此，有一天那張唱片賣掉了，當我發現那張唱片從架上消失無蹤時，果然感到一陣失落。簡直就像長久以來愛慕的女子，忽然和某個地方的不怎麼樣的男人閃電結婚了似的。「啊，那時候還是應該乾脆買下來才好的。從今以後恐怕再也沒機會遇到了，」眞後悔。其實也不是什麼大不了的金額。只不過是我自己個人的基本方針問題而已。

不過人生這東西也還不至於太糟糕。三年後，我在波士頓的一家中古唱片行又發現同一張唱片，居然才兩塊九毛九美元。唱片保存得雖然還不至於閃閃發亮「像新的一樣」，不過也很不錯。我買到時眞的太高興了。雖然還不到手發抖的地步，不過還是忍不住笑咪咪的。一直忍耐著，沒有白等啊。

有人可能會說結果還不是因爲小氣，不過並不是這樣。爲了找出生活中個人的「小確幸」（雖然小，卻很確實的幸福），還是需要或多或少有類似自我節制的東西。例如忍耐著做完激烈運動之後，喝到冰冰的啤酒之類的時，會一個人閉上眼睛忍不住嘀咕道：「嗯，對了，就是這個，」那樣的興奮感慨，再怎麼說就是所謂「小確幸」的眞正妙味了。而且如果沒有這種「小確幸」，我認爲人生只不過像乾巴巴的沙漠而已。

譯注：

1. 日本樂壇老將井上陽水一九八八年爲日產Cefiro汽車所拍的廣告，一開頭即以「吃飯、睡覺、遊戲」爲關鍵字。

2. 漫畫家，本名石井壽一，畫有眾多暢銷作品，也常被改編爲動畫。

歲末年終一團忙亂中，
幹嘛還把人家的車子偷走？

上次已經寫過郵購的事了，不過再來繼續寫一點。

前幾天我看到《紐約客》的廣告，居然在賣給貓看的錄影帶，叫做“video catnip”。還加上這樣的廣告詞“Give cat a laugh”，也就是說「貓看了也會高興得呵呵笑的錄影帶」。說明文字寫著：「二十五分鐘的影片，府上的貓寶貝應該也會看得聚精會神。這是送給養貓人士最棒的禮物。」因爲很有趣所以就打電話訂了一支。完全猜不透是什麼樣的東西。送到以後再報告內容。

其次，一旦變成郵購老主顧之後，除了一般商品型錄外，每一季還會另外寄來所謂「特別爲顧客獻上的特價目錄」，也就是拍賣通知，總之眞是便宜得驚人。我以十五美元買了J.CREW的泳褲，確實划算。牛仔褲也實在太便宜了，所以我一口氣買了好幾條。不過這種購物會上癮。差不多該開始節制才行了。

還有我說過，讀完約翰・厄文的長篇小說大作《馬戲團的兒子》之後要寫感想的，卻完全忘了。眞抱歉。我就簡單寫一下好了。總之我很仔細地全部讀到最後，那麼長的書，還能讓人不厭倦而且興味盎然地讀完，我每次都覺得眞了不起。何況這次故事的舞台從頭到尾都在印度，主角是印度人，出場人物也幾乎全都是印度人，這樣風味強烈的東西。因爲故事很長，所以那設定如果要說讀到中間開始有點吃力，也確實吃力。要說有熱情也可以說有熱情。

其次厄文的書經常讀到最後，心會靜悄悄的有一種深刻的獨特哀愁（而且這已成爲他的長篇小說特色了），這次倒好像不太有這種感覺。不過有一點可以說的是，這種書絕對只有厄文才能寫得出來。因爲他深深敬佩狄更斯，還大聲宣稱：「書總之要越長越好，有什麼好抱怨的，」看得出來他是個很強有力的信徒。懦弱的我實在說不出那樣可怕的話來。不過這本書的譯者一定很辛苦。這麼說來上次的 *A Prayer for Owen Meany* 翻譯也還沒有出來……。

根據我最近讀的報導，厄文和一位加拿大女士結婚（再婚）了，她是文學書經紀人，據說也負責這本書。太太是經紀人的話聯絡還眞方便，眞好。和厄文先生本人實際見面談話時，感覺他是個相當難相處的人，不過總之他近來的私生活似乎相當幸福。

最近我讀的書中最有趣的是，Mikal Gilmore的 *Shot in the Heart*。Mikal Gilmore的親哥哥傑利・吉摩（Gary Gilmore）是一九七六年在猶他州自願接受槍

決死刑的有名殺人犯（當時在美國死刑是違憲的，有一段時期實質上廢止過）。諾曼・梅勒（Norman Mailer）採訪這個事件寫出《劊子手之歌》（*The Executioner's Song*）。這本書屬於非小說類，不過書上卻宣稱是a true life novel。雖然不知道到底是怎麼回事，不過不管怎麼說，這本書招來批判成爲全美大暢銷書，還獲得普立茲獎。也拍成電視劇，年輕時候的湯米・李・瓊斯飾演傑利，蘿珊娜・阿奎特演他的女朋友。不過還是這位Mikal的書要有趣多了。彷彿又眞實、又可怕、又血腥、又哀愁的美國悲劇，以壯大的規模展開。我現在正在翻譯，所以敬請期待。書雖然沒有厄文的那麼長，不過依然算長，到譯完爲止還需要一些時間[1]。

十二月五日。雖然說來話長，不過我的車子被偷了。早晨起床一看，應該停在家門前的福斯Corrado卻不見蹤影，換成一輛白色的本田Accord停在那裡。再怎麼想都只能想到車子被偷了。因爲在我睡覺的時候，車子是不會自己跑到什麼地方去的。

哎呀呀，這可糟了，我一面嘆氣一面想。而且就在兩星期前，我那寶貝腳踏車才剛在哈佛廣場被偷。我把腳踏車用鏈子鎖在行道樹的樹幹上，去買個東西十五分鐘後回來一看，只剩下鎖鏈而已，腳踏車卻消失無蹤了。前一陣子是大學體育館的置物櫃遭竊，打迴力球穿的鞋子被偷了。現在如果連車子都被偷，眞受不了。運氣實在太差了。

三十分鐘之後，一個高個子年輕女警到我家裡來，她大約比我高半個頭，金色頭髮，容貌很像蘿拉・鄧（Laura Dern）。她的工作是塡寫失竊報告。她很乾脆地在表格上塡入車牌、年份、顏色等必要事項，把複寫的副本交給我，說一聲：「我們會再跟你聯絡，」就回去了。看起來就不是多緊張刺激的工作，她本人似乎也沒做得多愉快的氣氛。要是刑事案件電影的話，會有年輕貌美的女警官和克林・伊斯威特或梅爾・吉勃遜組成搭檔，經歷一番驚濤駭浪的人生，然而現實上卻不可能這樣。現實是更現實的。我試著問她：「這附近是不是經常發生汽車失竊事件？」「不，沒這回事。這一帶我很少聽到這種事情，老實說我也很驚訝！」她以看起來完全沒有一點驚訝的臉色說。然後既沒說：「再見，」也沒任何客套或哪套，就一個人開著巡邏警車揚長而去。

據說「這一帶沒發生過車子被偷的事」是眞的，我提到這話題時，房東史提夫也大吃一驚。「奇怪了，這裡不可能發生這種事啊，眞奇怪。」他驚訝得說不

歲末年終一團忙亂中，
幹嘛還把人家的車子偷走？

出話來。住在前一條街的另一位史提夫（他從事電影工作），也大感意外地說：「眞是難以置信。我已經在這裡住了二十年左右了，從來沒聽說過有人停著的車子被偷走的。唉，眞是令人吃驚。」我住的地區雖然不是有錢人的特區，不過倒是那種和犯罪無緣的安靜和平地方。所以我只鎖車門，並沒有特地去鎖方向盤。

不過不管您相信也好不相信也好，不管有沒有前例，不管您驚訝也好同情也罷，我的車子被偷的事實都無法消失。我在報警之後不得不做的是，聯絡保險公司的營業處。可是這家營業處卻一副「什麼？車子被偷了（＊嫌麻煩似的），然後呢？」這種口氣，連一絲一毫的關切、同情心都感覺不到。他們收下了警方報告的影印副本，瞄了一眼，說：「那我們會跟公司聯絡，」就沒了（以我個人的幾次經驗來說，汽車保險的營業處這種地方，在美國是最讓人感到不愉快而時間難捱的地方之一。每個人眞的都很厭煩地工作著。這可能跟美國夢的終了有某種關係也不一定）。不過總之，我弄清楚了在車子找到前，保險會負擔每日最高十五美元的租車費。這倒是幸虧。

我拜託朋友傑，用車子載我到租車公司的辦公室去，租了一天二十一美元的福特 **Escort**（居然附有安全氣囊，可是副駕駛座那側卻沒有後視鏡）。租車公司窗口那個男人安慰我說：「被偷的車子百分之九十會在三、四天內被發現。也就是

傑・魯賓先生

在傑．魯賓家舉辦的派對中端出來的特製蛋糕。所謂的1又1/2是他們家的住址。因為有這種號碼的住址所以世間才會顯得不可思議。不過如果有什麼9又1/2的住址的話，可能米基．洛克（Mickey Rourke）[1]會跑出來，覺得有一點危險。這就是美國人經常會開的「甜點派對」，客人全都吃過飯以後八點左右過來。以乳酪為點心，喝一點葡萄酒或啤酒，最後吃甜點喝咖啡結束。這樣的話來的客人不需要客氣，主人準備起來也輕鬆。不過這不適合正在減肥的人就是了。

所謂的開著玩玩的，年輕人往往開出去到處兜風，等到油耗光了就丟下不管。只要等一等一定可以找回來。」

十二月八日。正如他所預言的那樣，車子在四天後被發現。丟棄在波士頓郊外一個叫做雅文（Avon）的地方。當地的警察以電腦查車牌，確認這輛車子就是劍橋市菲特街報案失竊的姓村上的人所擁有的車子。打電話來告訴我這消息的，是劍橋警察局的警察。「啊，車子看起來，嗯，沒什麼損傷的樣子。」那個警察一副很無聊的樣子說。我說：「那太好了。」當然很好啊。

「那麼警官，我是不是現在就到那個雅文鎮去，把車子領回來就行了？」

「不……，這倒沒那麼簡單，茶上先生，啊，事實上是輪胎一個也沒了。」警察（可能）一面在挖著鼻屎，一面才想起來似的補充說。「還有，嗯，鋼圈也一個都沒了，引擎完全發不動。所以人去了也開不回來。」

這還叫做沒什麼損傷嗎？而且我也不姓什麼茶上，是村上啊，我心裡雖然這

查爾斯河畔的海鷗。一到冬天，這條河畔的海鷗和加拿大野鴨就會來爭奪地盤。我住在劍橋的那段日子，幾乎每天都會在這條河邊跑步。不過一開始積雪以後，河邊的道路就無法跑了。春天一到，冰雪開始溶化，從河的上游飄飄浮浮地流下來，海鷗就在那冰上像「搭免費車」一般暫且借搭一程。看著那模樣，覺得好像非常舒服的樣子。

樣想，不過這種事情說了也沒用，所以就乖乖的謝過他，無力地掛上電話。然後我聯絡每次幫我修車的史特利懷斯修車廠的巴比（容貌很像晚年……，不，是像最近的布萊恩．威爾森），請他安排到雅文鎮去，把我的車子用拖車運回來。

十二月九日。麻煩的手續還繼續拖延著（因爲內容實在無趣，所以對美國汽車保險的情況沒興趣的人這一段不妨跳過不讀）。我到警察局去，請他們發給我車輛尋回證書（recovery report）。這間警察局也是個相當卡夫卡式憂鬱的地方，不過要開始寫的話會沒完沒了，所以有關細節暫且不表就此打住。然後我就直接到保險公司營業處去，向他們提出車輛尋回證書的影本。營業處把車輛尋回證書傳眞給保險公司，保險公司派專門鑑定人員到史特利懷斯修車廠檢查我車子的損傷狀況，作成保險金估價通知（appraisal report）。然後才好不容易可以開始修理車子。不，不只這樣。保險公司的承辦人員依照慣例打電話給我，花了大約三十分鐘進行電話訪談。這是包含宣誓在內的正式錄音訪談，我的全部回答都具有法律效力。採訪我的女性雖然口氣並不是不親切，不過卻得了很嚴重的感冒，又打噴嚏又咳嗽的，而且用鼻塞的聲音說的話，幾乎沒辦法聽懂。這也是所謂的一種地獄。眞是的，偏偏在我小說寫到最後緊要關頭，忙都來不及的時候……。

不過從此又過了兩星期多的現在，事態依然完全沒有進展。我那可憐的福斯

Corrado依然還少了四個輪胎，被擱置在修車廠裡。保險公司營業處應該已經傳眞給保險公司的recovery report卻忽然消失無蹤了。而保險公司的承辦人員如果不提出汽車檢查估價單的話，修車廠想動手開始修都沒辦法。何況滿臉不高興、眉間皺紋深鎖的營業處女職員還向我冷酷地宣告：「茶上先生，租車的租金保險公司只付到車子發現的那天，我們已經不能cover了，所以以後的租車費要你自己負擔。」我抗議道：「可是輪胎一個也沒有，而且都是因爲妳把那個recovery report搞丟了，所以到現在還沒辦法開始修啊。」而且我也不是什麼茶上先生，而是村上。不過我的抗議沒有被受理。所以我一直在繼續付著租車費。

我眞沒想到一輛車子被偷，居然會帶來這麼麻煩透頂的結果。你必須經常打電話給保險公司，也必須跑警察局和修車廠。必須到政府機構和大學總務課去重新辦過停車證才行。到處碰壁被推卸責任，被冷淡對待或假裝人不在，時間無謂地流失浪費掉，精神緊張不斷累積。因爲人在外國說著外國語，所以就算你火大了想發脾氣大罵也沒辦法罵得痛快，這可眞難過。雖然一心想著：「是啊，社會就是這麼麻煩，任何事情都要靠經驗嘛，」凡事總要從容不迫寬宏大量才行，不過實際上這種事情可不容易。只是無謂的消耗而已。不知道在日本怎麼樣？我打電話問朋友，結果對方笑著說：「在日本首先車子就不會被偷啊。」不過卻會被用釘子把車門刮傷，把輪胎戳破，聽說這類的惡作劇很多。哪邊還不都是半斤八

歲末年終一團忙亂中，
幹嘛還把人家的車子偷走？

兩，大家還是小心一點為妙。

譯注：

1. 村上春樹翻譯Mikal Gilmore的《貫穿心臟》（*Shot in the Heart*）已於一九九六年由文藝春秋出版。

2. 米基．洛克主演《愛你九週半》（9 1/2 Weeks）吧。

從雪中的波士頓
一路飛到牙買加

十二月二十五日。勞勃・阿特曼（Robert Altman）的新作《霓裳風暴》（Prêt-à-porter）（片名在首映前臨時又急忙改成“Ready to Wear”。也許想到一般美國人很難順利把Prêt-à-porter漂亮地發音出來吧。可能是這樣）在聖誕節那天公開上映，不過媒體反應惡劣，評語不佳，幾乎被批評得體無完膚。《紐約客》的電影評論寫道：「阿特曼打算說個笑話，自己卻先呵呵笑出來。因此幾乎所有的預先設計都不靈了。一點都不好玩。」不過這部電影以我看來，倒不覺得有那麼差。不如說，看起來還滿愉快的。哈佛廣場的電影院客滿，其他觀眾有些也看得大笑啊。有時候我覺得美國一流報章雜誌的評論，未免太裝腔作勢、姿態擺太高了。傑・麥克倫尼曾經咬牙頂撞道：「你們哪，老是說那些盛氣凌人的話，自己到底又有多了不起？你們做出過什麼嗎？」那種心情不是不能理解。而且和日本的文藝評論、電影評論情況不同的是，美國的評論對銷路、票房都有直接影響，因此事態相當嚴重。

也許阿特曼想製作的是完全不時髦（chic）的、像大雜燴的、基本上既無意義又神經質的胡鬧喜劇，如果是這樣的話，那麼我認為在這層意義上他就拍得非常輕靈巧妙了。這和《超級大玩家》、《銀色・性・男女》味道完全不同，那種輕鬆調調相當不錯。尤其用馬斯楚安尼和蘇菲亞・羅蘭演的《向日葵》模仿諷刺劇，雖然愚蠢得讓人想說：「喂，勞勃，這種玩意兒現在連電視的搞笑節目都不玩了呢，」不過實在太愚蠢了所以讓人不禁笑出來。能這麼流暢地帶出古典式時空轉換，令我感到相當佩服。基於偏愛而對他從寬加分，甚至可以考慮歸入去年我所看的三部最佳電影之一（當然《黑色追緝令》毫無疑問絕對是第一，其次是台灣電影《飲食男女》。

其次，花五年時間，耐心地像爬行般慢慢追蹤、拍攝兩個貧民區出身的黑人少年成爲籃球選手的成長過程，這部異色紀錄影片《籃球夢》，也很生動感人，是一部會讓人留在心裡的電影。雖然是一部冗長而樸素的作品，卻有它閃亮的地方。如果有機會請務必看一看。這部片在影評中也深獲讚賞（不過似乎有點過於政治正確的傾向）。

逼近年關的十二月三十日那天，終於完成小說的初稿，我寫上了「完」字。整個人飄飄忽忽的，信步走出門到美國航空的辦事處去，想買飛牙買加的機票。這幾個月來幾乎像唸經般一面唸著：「等這稿子告一段落之後，一定要到加勒比海去痛痛快快地游到死才甘心，」一面坐在書桌前寫稿子。我將一星期什麼也不想地優哉游哉地躺在沙灘上，回來之後，心情煥然一新，然後再不得不開始重新

JAMAICA

JAMAICA

修改稿子。

結果我太太卻突然說：「不，我不要去牙買加，我要去阿姆斯特丹。」這，這，突然冒出這樣一句來，真傷腦筋。因爲到昨天爲止還說好要去牙買加的。我問她：「天氣冷得要死，爲什麼在這季節非要去阿姆斯特丹不可呢？」，她說：「因爲我現在正在讀安．萊絲（Anne Rice）的《惡魔萊修》（*Lasher*），裡面出現阿姆斯特丹，我已經完全投入進去了。而且我想牙買加這地方也不太適合讀安．萊絲的小說。」哎呀，不能隨便開玩笑啊。從冬天的新英格蘭去到面臨北海的荷蘭，這能當成工作空檔的休閒地方嗎？怎麼可能嘛！

最近我太太迷上安．萊絲，有點到了一發不可收拾的地步。也許她這個人本來就容易被正在讀的書所影響，總之反正她是個沉迷很深的人，當她在讀山岸涼子的《日出處天子》時，從早到晚腦子裡全都是聖德太子，讀完許多歷史書，還特地到明日香去旅行。其實不久之後熱度就會消退，什麼也不記得了。每次都這樣。不過我在美國航空的購票櫃檯前想辦法極力勸說之後，總算買了兩張去牙買加的機票。並在過完年的一月二日早晨，把湯姆．克蘭西（Tom Clancy）和諾曼．梅勒放進旅行袋（相當奇怪的組合），從波士頓的羅根機場搭上往孟德哥灣的飛機。

我在牙買加眞的一整天都在海邊游泳。海水又溫暖又清澈，感覺非常舒服。加勒比海有相當大的鰩魚，跟牠一起游一會兒也完全不可怕。一整天在海灘看塘鵝捕魚，然後當然也躺在樹蔭下，各自讀著湯姆．克蘭西和安．萊絲。那眞是個相當美好的地方。雖然要一面把靠近來賣大麻的人趕走一面耽溺於讀書，有時候有點困難就是了。

不過他們好像以爲日本人都很有錢似的，你到哪裡人家都對你很親切固然很好，但往往暗中卻期待你能給他們大把小費，這就有點累了。走進餐廳，像老闆的人隨隨便便沒禮貌地走過來，問道：「喜歡我們的餐廳嗎？」一回答：「嗯，喜歡」時，他就說：「你是日本人，有錢人吧？怎麼樣，要不要買我們的餐廳？」突然提出這種話題也傷腦筋。不、不，我只不過想吃個中飯而已。

我聽人家說，這個島上所採收的最高級藍山咖啡，百分之八十五都外銷到日本去，這麼一來他們要認爲日本人很有錢也沒辦法了。像鮪魚肚也一樣，在世界各地的日本人收買特殊物品的能力眞的很強，可以說像蒸氣壓路機那麼強。也許因爲這樣，至少以我的經驗來說，在牙買加當地喝的牙買加咖啡老實說並沒有那麼好喝。感覺好像是「挑剩的東西」似的，味道有點不夠勁。到墨西哥旅行時也

牙買加路邊的水果攤。攤子雖然到處都有，不過水果的排列方法好像各家各自下了一番工夫的樣子。這家放在兩邊的鳳梨發出很香的氣味。停下車拍了這張照片後，就不知道從什麼地方跑出一個小孩來，說：「拍照要給錢哪。」只好給了。

牙買加海邊的禿鷹。雖然禿鷹和海洋，在情景上覺得似乎有點不太搭調，不過實際上海邊就是有禿鷹所以也沒辦法。這隻禿鷹在等候漁夫在岩石上處理完魚之後，就來拼命啄食魚的內臟。並不是漫無目的地在呆呆望著大海，懷念著逝去的青春。我就在這旁邊的小餐廳喝了幾罐啤酒，一面望著禿鷹一面和漁夫聊聊，悠閒地度過了半天。

一樣，南美的咖啡出產國，高級咖啡豆幾乎都外銷到國外去了，當地平常端出來的咖啡往往都不太高級。本來以爲如果去到牙買加的話，就可以滿意地喝到大量美味的咖啡了，不像在美國。所以有點遺憾。其實牙買加產的大麻有百分之八十五都賣到美國去（當然是走私的），因此比較起來喝藍山咖啡沒犯什麼罪或許還算是好。

我問租車店的老闆說：「生意怎麼樣啊？」據他說：「現在正是新年旺季，所以當然很忙，不過往年這時候更忙噢。有點傷腦筋。」我問他觀光業爲什麼比較差了，他明快地分析道：「因爲全球不景氣、政府宣傳不力，加上最近的犯罪報導。」牙買加最近殺人事件急遽增加，上次也發生一件從芝加哥來的劇作家在高級休閒海灘被強盜殺害的事件。

「不過比起從前，現在還是好多了。」他說。「以前哪，比現在更粗野，態度更惡劣。因此有一段時期，觀光業一落千丈。大家才體認到這樣不行，於是全島推行熱情對待觀光客的運動。這樣才改善了許多。因爲，如果觀光業不行，這裡的經濟就完全出局了。一點辦法都沒有啊。」

這時期的牙買加物價非常高。租一輛沒有動力方向盤、沒有自動排檔的豐田

Tercel，一星期就要五六〇美元。五六〇美元哪！在波士頓同樣的車子，找一下便宜的地方只要一四〇美元就租到了。就算是旺季的觀光地，也未免太貴了吧？我看報紙上的旅遊廣告，佛羅里達的旅遊費用就便宜太多了。所以美國人最近好像已經不太到牙買加來了。實際上也很少看到美國人的蹤影。

相對的，不知道為什麼，牙買加的義大利觀光客特別多，到哪裡都只聽到義大利語。這麼一來簡直就像來到義大利的海邊一樣。我想為什麼義大利人會這麼多呢？打電話到米蘭去問一個朋友，他說：「這個啊，因為，現在義大利不知道為什麼把到牙買加去當作一種新時尚，有錢人（*換句話說可能就是那些很會逃稅的人）大家都爭先恐後地到牙買加去渡假。米蘭街上到處貼著牙買加的旅遊海報。」原來如此，是流行啊。不過一提到義大利人，不管在什麼地方都真是醒目得不得了。嗓門大，又會吃，老是成群結隊的……不過看起來很快樂的樣子倒也很好。

我總覺得牙買加的飲食，整體上不太講究烹調技巧，沒有什麼令人印象深刻的東西，不過最後一天住的叫做“COBAYA”，孟德哥灣附近的飯店，餐點卻做得相當精緻而美味。這是一家最近剛開張的飯店，嶄新華麗，還沒有很多人知道。老闆夫婦是以前在華爾街證券公司上班的先生，和同樣在紐約麥迪遜廣場的

牙買加的浮潛（skin diving）漁夫。這一帶的海真的非常美麗，完全清澈透明到見底。我有一次在夏威夷正在浮潛時，差一點被珊瑚礁間水道的暗流帶走，覺得非常可怕。這個人因為是專業的，所以當然潛水技術真是漂亮得令人著迷。從上面一直看都看不膩。

廣告公司上班的太太（她是在牙買加出生的華裔），這樣一對又年輕、作風雅痞的夫婦，我跟他們聊了一下，他們說：「我們這裡最自豪的還是餐點。因為我們帶了特別的廚師來做精緻的美食。」吃吃看，難怪他們引以為豪，菜的味道相當洗練。我覺得在牙買加如果想吃美味菜的話不妨到那裡。專屬的海灘雖然很美，不過我住在那裡時，風卻一直很強，真是受不了。這可能是因為季節的關係。

這家飯店裡，除了我們之外還住了好像是從以色列來的猶太老人團體，他們全部跑到游泳池，手牽著手站成一圈，快樂地一首接一首地合唱著「哈巴・那吉拉」[1]之類的以色列歌。在風聲颼颼的吹拂中，整個下午一直在做這件事情。不知道為什麼這樣做。也許是以色列的習慣吧。不管怎麼樣大家看來都非常幸福的樣子。

牙買加和舊宗主國英國一樣，是汽車靠左行駛（也就是和日本一樣），方向盤設在右側的國家，這對日本人來說非常方便。租車行的老闆也說：「嗯，你是日本人，所以沒問題吧？不會開著開著就把左邊和右邊搞錯。美國人都會搞錯噢。」一面笑咪咪地一面拍拍我的肩膀。可是事情可沒這麼簡單。很遺憾，我長久住在美國期間，已經被方向盤在左邊、靠右邊行駛的習慣完全感染了。因此有好幾次搞錯左右方向，嚇得冷汗直流。因爲害怕，所以夜晚盡量不開車。不過基本上每天還是會打開汽車音響，一面「嗯恰、嗯恰」地聽著雷鬼音樂，一面開著豐田Tercel在島上兜風，享受著相當愉快的時光。

牙買加雖然有相當多FM電台，不過總之每家電台的各種節目，不管由左至右，或由上到下，都完全一律是雷鬼音樂。這個島上除了雷鬼之外似乎完全沒有所謂音樂這東西存在了。這點實際來到這裡之後就知道，眞是不得了。全島都籠罩在「嗯恰、嗯恰」的節奏中，到處都在播《紫色迷霧》（Purple Haze）。因此當我回到被白雪覆蓋的高雅波士頓時，「嗯恰、嗯恰」的節奏還在我體內固執地持續著。說起來，這倒眞會變成一種毛病啊，「嗯恰、嗯恰」。從前，我在新宿聽過Bob Marley的音樂會之後，走路的步伐也會完全變成「嗯恰、嗯恰」的。不過那次音樂會實在太帥了，好熱烈呀。「在牙買加的氣氛裡讀安・萊絲，一點也讀不出趣味來。」我太太到現在還嘀嘀咕咕地猛抱怨，不過那也沒辦法。我在那裡讀諾曼・梅勒也不太讀得下去。「嗯恰、嗯恰」。

不過又要工作了。

牙買加的牛

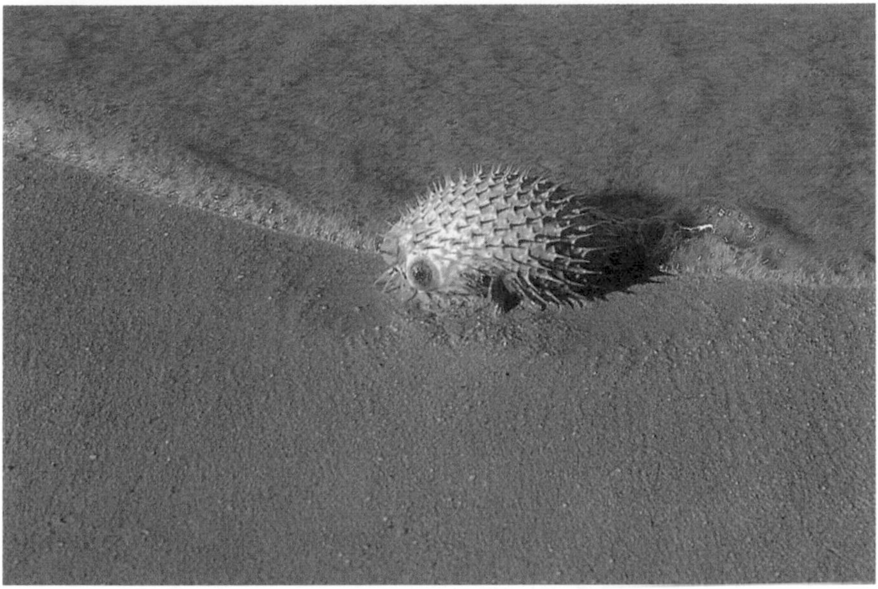

牙買加海邊的沙灘上，有一天早晨被海水沖上岸的刺魨。正躺在沙灘上做著日光浴時，一個牙買加婦人走過來問：「怎麼樣，要不要編個頭髮？」給她一點錢，就當場幫人編起辮子來。然後當然也有很多賣大麻的粗線條大哥會過來。不過其實在牙買加買賣大麻也算是非法的，所以還是小心一點為妙。如果被發現，而且運氣不好的話，是會被捕的。

譯注：

1. Hava Nagilla意思是一同歡樂。

傑克・萊恩的購物、
蔬菜的價格、
貓喜歡看的錄影帶

在湯姆・克蘭西的小說《獵殺紅色十月》中，我記得有一幕是主角傑克・萊恩對想逃亡的蘇聯時代的俄國人說明：「美國的超市冬天也買得到番茄喲。雖然有點貴是眞的。」這樣的場景。俄國人聽了之後不太相信地說：「別開玩笑了，冬天怎麼可能買得到番茄？」不過當然傑克並沒有說謊。正如大家所知道的，在美國和日本，冬天確實還能買到溫室栽培的番茄。話是沒錯，我讀到「雖然有點貴是眞的」時深感佩服。說不定萊恩經常代替當醫師而工作非常忙碌的太太到超市買菜也不一定。而且看到價格時「呵，番茄好貴喲，」會深深嘆息也不一定。作者對傑克・萊恩這種生活眞實感的巧妙描寫，我覺得跟哈里遜・福特這個演員所擁有的具體分量感的氛圍似乎很能相通。在《獵殺紅色十月》的電影中，是由更年輕英俊的亞歷・鮑德溫飾演這位萊恩的角色，比起哈里遜・福特，他的存在感稀薄了點，不可否認感覺還有點不夠成熟。和凱文・科斯納又有點不同。傑克・萊恩再怎麼說還是由哈里遜・福特來演最貼切。

正如萊恩所指出的那樣，波士頓的冬天的蔬菜價格貴多了。我們家日常的伙食大多以蔬菜爲主，我中午和晚上都要吃滿滿一大碗公（大約像洗臉盆那麼大。大家看了都會嚇一跳）的蔬菜，因此冬天伙食費總是比較高。尤其今年冬天由於加州水災的關係，萵苣價格高漲。雖然如此，價格還不到東京青山紀伊國屋萵苣的一半，不過比起其他東西還是算相當貴。在超市問過總價後，雖然不是傑克・

不知道從什麼時候開始，一隻白色的肥貓常常徘徊在鄰家的庭園。我看牠有時候也會走進史提夫的庭園。可能是住在附近的人所養的貓，仔細看看臉還長得滿有趣的噢。多少有一點像從前的總理大臣大平正芳的氣質。我從窗子裡開口叫牠一聲：「嗨，正芳！」牠就一副「真囉唆」的感覺，嫌麻煩地抬起頭來仰望這邊。我常常有隨便替別人家的貓命名的毛病。

萊恩，還是會覺得：「……嗯？」不過幸虧還不至於嚇出一身汗就是了。

當然也有些是冬季才出產的蔬菜，有到了冬天也不會漲價的蔬菜，一般說來餐桌上都是以這些蔬菜爲中心。其中我很喜歡的是水菜。水菜大體上屬於關西的青菜，和油豆腐一起咕嘟咕嘟地煮熟會很好吃，每到冬天我常常會吃。京都的熟食店也常常有得買，可是東京卻很少見（很抱歉碰巧要提到青山的紀伊國屋，偶爾可以在這裡看到。當然非常非常貴）。可是不知道爲什麼這水菜經常在波士頓的超級市場可以看到，名字也同樣叫做mizuna。價格不太貴。我買了回來，放進火鍋或和豆腐一起煮，滿好吃的。當生菜吃也可以。可能是日本人在美國成功地栽培出水菜來了吧。我記得去年還沒看到，所以這怎麼說都可以算是今年的好消息之一。

此外以日本名字賣的青菜，還有shiitake（香菇）。這在美國已經很有名了，餐廳的菜單上就這樣寫出來，大多的人都知道這是什麼東西了。可是mizuna卻還沒那麼有名，我常常被收銀小姐問到：「What's this?」紫蘇（shiso）確實要到日本食品店才有賣，我在買紫蘇的時候，旁邊的美國婦人也問我：「What's this?」於是我回答說：「這叫做紫蘇，要這樣這樣吃法。我把這切絲放進生菜沙拉裡吃，滿好吃的噢。」我告訴她。不過她只發表意見說：「哦，很漂亮的青菜

（very beautiful vegetable, isn't it?)」而已，沒有買就走開了。也許從量來看價格太貴了吧。不過不管怎麼說，應該沒有人會吃一整大碗的紫蘇吧。

雖然有些扯遠，不過以前我在美國超市買包裝好的豆腐時，旁邊一個美國婦人拜託我：「嘿，幫我挑一塊好的豆腐好嗎？」她想日本人應該總會分辨豆腐的好壞吧。於是我得意地說：「哦，這個看起來又新鮮又好所以妳可以買，」就幫她選了和我買的一樣的豆腐，可是回到家打開一看，卻整個臭掉了。那個婦人一定會想：「以後絕對不要再相信日本人了。」或者以為豆腐這東西本來就該是這麼臭又黏的，就那樣大口吃下去了也不一定。不管怎麼樣，想起來都會有一點難過。

除此之外我在波士頓覺得好吃的，還有全麥核桃麵包（whole wheat walnut bread），把這沾上一點奶油乳酪來吃。一旦吃慣了美味的whole wheat之後，就會漸漸覺得一般的白麵包很難吃了。全麥這兩個字的發音需要用上顎的結構，對日本人來說，這個發音是屬於困難的字之一。我也常在麵包店被反問「what?」每次都這樣，還是會覺得難過的。我這樣說時，我太太就會說：「對，確實到西點

AKE
MIZUNA
WHAT'S THIS?

SH
SHISO
チーズケーキ

蛋糕店去每次說起司蛋糕也不通。」……，到底cheese cake的發音有什麼地方不通呢？很抱歉我實在搞不懂。

不管怎麼樣，波士頓劍橋附近的麵包店整體上品質都很高，令人開心。住在普林斯頓的時候，我心想美國的麵包怎麼這麼難吃，讓我好懷念日本的麵包，搬到這邊來之後，我已經完全忘記什麼日本麵包了。就這一點來說，我想任何國家都一樣，所謂都會這東西還眞不簡單啊。和牧歌式高級鄉間城鎭的普林斯頓比起來，這裡犯罪比較多，門也必須確實上鎖才行，夜晚不宜在外面閒逛逗留，雖然不至於像紐約那樣，不過一般人還是繃緊神經的。雖然如此，卻也不禁要想道：「有美味麵包店還是一件美妙的事啊。」尤其悠閒地散步時，信步走進附近的麵包店去買一點西點麵包，順便在那裡一面喝一杯咖啡（美國很多麵包店放有椅子，可以在那裡喝咖啡），一面拿著剛出爐熱烘烘的麵包撕下來送進嘴裡一口又一口地慢慢咀嚼，對我來說也是人生的「小確幸」之一。

因爲這樣，我在日本時也好，在美國時也好，像傑克・萊恩一樣，一有時間總會自己出門去買一些日常食品。對我來說一點也不討厭這樣的購物方式。蘿蔔一根大概多少錢，醬油大概多少錢，把這種日常性的現實塞進腦子裡去，我想對人類來說其實是很重要的基本大事，而且從另一個角度來說，把超市貨架上的整排食品一一檢視下去也是一件相當愉快的事。要勸俄國人投奔自由時，可以說服他們說：「你在波士頓隨時高興都可以在麵包店一面自由地喝續杯哥倫比亞咖啡，一面吃剛出爐熱烘烘的全麥核桃麵包噢。」雖然蘇聯瓦解以後的現在，已經沒有逃亡而來的俄國人了。

上回，我把透過郵購方式買的「貓愛看的錄影帶」寫出來後，就像平常那樣擱在一邊沒再去管它。後來的經過我在這裡簡單說明一下。這支錄影帶送到我手上後，我們兩個人類第一次看完時還懷疑「什麼嘛！這種東西貓不可能喜歡吧，說不定是詐騙的」，不過很抱歉眞不該這樣懷疑。在半信半疑之下我寄去給一個貓學權威的日本友人，請她幫忙實驗看看，結果居然得到「貓非常非常喜歡」的驚人結果。她說不管重複播放幾次貓都看得絲毫不會厭倦。聽說貓看得眞入神，盯著電視畫面甚至會啪一下跳起來撲上去。她是從事文字工作的人（住在不可以養貓的公寓裡養著貓，要是被發現的話一定很不妙，所以她的名字特地保密），她說：「當我想不被貓打攪地慢慢寫東西時，就會放這支錄影帶給貓看。那麼貓就會在電視前面茫然地盯著畫面不動。」對於經常爲了打字機和電腦鍵盤被貓蹂躪而大傷腦筋的人來說（這種人絕對不在少數），這支錄影帶顯然眞的是福音。

我在這裡鄭重推薦。

這雖然對於被養在都市住宅裡的貓來說具有絕大效果，但對於在郊區自由自在地放養的貓，據說「就沒有那麼稀奇了」。如果有興趣的人，或一定想要的人，請寫信到以下住址（指名要叫做"video catnip"的帶子，價格19・95加幣）。來接訂購電話的是一位加拿大的中年男子，一副很閒的樣子。不過我再重複說一次這支錄影帶以人類看來眞的是很愚蠢而無趣的。請不要嘗試，不過還不至於有害就是了。

Dick Shapiro Enterprises Ltd.

Suite 105, 10 Wynford Hts. Cr.
Don Mills, Ontario M3C 1K8
Canada
電話 416-441-1045

某一天新英格蘭的晚霞。史帝芬·金式的恐怖晚霞。雖然有一點像要發生什麼不祥事情似的氣氛。但結果並沒有發生任何特別的事情。

【後日談】

根據一九九六年一月六日的《日經流通新聞》報導，現在日本好像也開始賣同類型的錄影帶了。就報導看來，內容幾乎是一樣的（有松鼠和小鳥在動來動去的森林影像，片長約二十五分鐘），因爲是美國公司製作的，所以可能和我在這裡介紹的是一樣的產品也不一定。好像同時發售「給狗看的錄影帶」和「給貓看的錄影帶」。所以，以後就不必特地打電話到加拿大訂購了。有興趣的人只要到附近的錄影帶店去詢問就行了。我倒也有一點想看看「狗篇」……。聽說價格是二四八〇日圓。

拿她沒辦法的塔尼亞、
貓的調教班、
被發掘的詩人

二月十日。我那輛被偷走的車子福斯Corrado總算在兩個月後從修車廠領回來了。被偷的輪胎和BBS鋼圈貨已經送到，好幾個地方修繕過，車體重新漂漂亮亮地烤漆過，保險桿也換了，總共花了七千美元左右，不過大體上全部可以由保險理賠。本來輪胎就相當舊了正想必須換了，車體也因爲在路邊停車時弄得傷痕累累，說得明白一點，其實也覺得「來得正是時候」，不過我們還是付了兩個月的租車費（一二〇〇美元），這是保險不理賠的。而且不得不和保險公司的辦事員塔尼亞小姐這C調[1]的（這種說法有點古老噢）女人再三在電話上交涉，眞是極端耗神。不是開玩笑，眞的神經都會被她折磨得受不了。塔尼亞這個人的一言一行都非常隨便，總是差不多、"about"（這種說法也很古老）就混過去了。我每次打電話她都不在公司，東西一下就不知道遺失到什麼地方去，明明知道是自己的過失，卻絲毫不會反省一下，做過的事還要硬拗說沒做過，沒做過的又硬說做過了。簡直是惡夢加倍似的女人。如果這個女人能稍微好好工作的話，修車可能花不了一個月的。

看我中途已經累得受不了，於是善於交涉的堀內先生的太太，很好心地幫我接下與塔尼亞交涉的任務，託她的福，車子總算在兩個月後回來了，如果沒有堀內太太的話，可能要花三個月也不一定。堀內先生是擔任波士頓馬拉松賽理事、住在牛頓的牙科醫師（我因爲參加馬拉松而認識他們），他太太的娘家在東京神

這在日本稱為樹冰。不知道英語怎麼說，我現在已經完全忘了。當時確實還記得的。對不起。這一天從一大早開始氣温就降得非常低，到第二天下午整個城裡的樹木就全都凍結成這個樣子了。一閃一閃地反射著陽光非常漂亮。這是在大學校園裡拍下的。在冬天寒冷的波士頓，樹木要凍結成這樣漂亮也很稀奇罕見，根據報紙上的報導說，要五年或十年才能見到一次。

田開西點舖，是會把活力畫進畫布、穿線做成風箏放上天空的那種典型江戶人。是「對困難的交涉比三頓飯更喜歡」的人，不過連她都說「實在搞不過塔尼亞的馬馬虎虎了」，所以真不簡單。可以說是龍虎鬥，或《魔鬼終結者2》，或像民主黨參議員泰德．甘迺迪（Ted Kennedy）對抗眾議院議長紐特．金瑞契（Newt Gingrich）那樣，我好像終於窺見美國社會底層的深厚似的，覺得好可怕。實在不是我所能應付得來的。

其實跟這家保險公司的交涉細節還沒結束呢，後來還有一些麻煩拖拖拉拉的說來話長，在這裡就不寫了。總之在告一段落之前費了好大的功夫、精神上也已經感到疲倦極了。尤其我們夫婦兩個，我不善於作現實性的交涉工作、我太太也不擅長外語，我們是有這種缺陷的一對，所以遇到這種情況就很辛苦。在外國生活只要不遇到麻煩倒很快樂，不過就像「月有陰晴圓缺一樣，生活也不可能沒有麻煩」（這是村上彼得的法則），因此有時候就必須面對困境了。

二月二十五日。

還是關於貓的事情。

前幾天波士頓市區居然有喜躍貓食（Friskie）主辦的一場貓秀。有超過三百種以上的珍奇貓齊聚一堂，還舉行了所謂貓的調教秀。我因爲要修改小說手稿很忙，所以很遺憾不能去看，不過我對那「貓的調教秀」很感興趣，所以派了調查員兼攝影師到會場去看看（話雖這麼說，其實就是我太太去參觀）。

根據《波士頓環球報》報導，率領這群貓的調教隊伍的是一位叫史考特・哈特的先生，他是經驗豐富的動物調教師。據哈特先生說，訓練家貓表演技藝似乎比訓練獅子表演技藝更困難。他說因爲：「貓是不懂得忍耐的。」確實是這樣。貓與其接受人的訓練，不如說更習慣於訓練人。不過據說這個人卻在電影《特勤組》中教會一隻貓在一個鏡頭之內做完「銜著假鳥，把鳥丟下，然後瞪著女演員，嘴裡嗚嗚嗚地唸著，然後又銜起鳥來走掉」這樣複雜的演技。那眞了不起。

不管怎麼樣的貓都可以教會牠們技藝，哈特先生斷言道。他根據的是：

(1) 任何貓都會肚子餓。

(2) 人終究比貓聰明。

這兩點。不過關於第(2)點據說有少數例外。嗯，這我覺得可以理解。

那麼，技藝的最初階段是叫貓的名字「綠綠！」，然後讓綠綠到這邊來的動作。

這叫做第一步——話雖這麼說可也不那麼簡單。因爲貓和狗不一樣，不像狗那麼忠厚老實，貓有時候雖然聽到了，卻會假裝成沒聽到的樣子，牠們非常擅長假裝（小說家之中也有幾個這種人）。要訓練貓技藝，首先必須準備聲音特殊的哨子，和獎勵的餌。有一段時間，每次給貓餵食牠最愛的食物時，都要用這種哨子吹出「嗶——」的聲音。於是貓也自然會記得：「對了，這食物和『嗶——』的聲音好像有一點關係。」而且在牠們確認過這種關係之後，你只要把這「嗶——」和技藝巧妙結合就行了。也就是說「帕伐洛夫制約反射的貓」。

訓練技藝時拿來當獎品的，據說雞肉口味嬰兒食品最能發揮效果。有空的人不妨試試看。這如果漸漸發展下去，還可以教牠們「坐下」「趴下」或「退後」，大概任何貓都可以學得會。也可以訓練牠們用抽水馬桶上一號，聽哈特先生說，這並不太難。眞的嗎……？如果你試過眞的順利的話請通知一下。以我的經驗來說，我覺得可能沒那麼簡單。要教貓「退後」還不如教小說家漫步月球，也許還簡單一點吧？

【貓秀調查員報告】

「總之非——常——擁擠喲。我在調教秀開始的三十分鐘前就過去看了，結果舞台空空的，前座有二流的貓在搖搖擺擺地做著二流的技藝表演。我想這也沒什麼看頭，就到附近去逛一逛，消磨一些時間，看到各種貓，等到十五分鐘前差不多要開始了，於是回去一看，已經人山人海的完全看不到前面了。」

「怎麼搞的，豈不是重要的都沒看到嗎？」

「怎麼這樣說嘛？因爲人多，擠得不得了沒辦法啊。如果那麼想看你自己不會去嗎？哼！」

就這樣。

話雖這麼說，可是我也很忙啊。再說我也不得不賺生活費呀。哼！

不過根據調查員的個人見解，與其看集合到會場的珍奇的貓、高價的貓，不如看在那邊賣貓的breeder（繁殖者）的長相要有趣多了。所以她沒怎麼注意看貓，卻老是盯著breeder看。所以幾乎不太記得貓的任何事情。她說：「我第一次看到那麼多臉長得那麼奇怪、怪異的人聚在一起，如果能再看到一次那樣不可思議的光景的話，再去看貓秀倒也無妨。」爲什麼美國的breeder多半都長得一副奇怪長相呢（因爲並沒有說日本的breeder所以請不要生氣）？原因完全不清楚。也許其中眞有什麼特別原因也不一定。但總不能當著人家的面問道：「爲什麼？」吧。

不過仔細想一想，文豪托爾斯泰過去曾經寫道：「幸福家庭的情況大多相同，但不幸家庭的情況卻各不相同」這樣的句子，人的容貌也可以這樣說。例如有人說：「非常美的女人」時，腦子裡大概會一下就浮現那形象，但當有人說：「讓你眼睛都快花掉的超級醜八怪」時，腦子裡卻浮不出任何形象。對嗎？聽了我太太的話之後，我拼命試著去想像那些聚集在貓秀會場的「長相奇怪的人」，可是完全不行。我的微小想像力實在無法企及超現實的地步。嗯——，還是眞該去一趟的。眞遺憾。

前面寫過我常常聽雪瑞兒・可洛的ＣＤ。我現在也還常用汽車音響聽。其中所收錄的暢銷曲*All I Wanna Do*的歌詞既有硬核（Hardcore）又有嘻哈的感覺，

二月裡街上的貓。看起來就很冷的樣子。「唔，好冷好冷，好討厭的天氣。這樣的日子實在不想出門」的態度明明白白看得出來。尾巴也蓬蓬地翹了起來。不過這隻貓一定也有不得不出門的某種重要事情要辦吧。例如想去買今天剛剛開始發售的「珍珠果醬」新專輯CD之類的……沒這回事嗎？

從老早以前我就覺得好帥呀，不過前幾天我看了波士頓的報紙，介紹寫歌詞的人。這歌詞果然好像吸引了很多人的注意。

這個人被佛蒙特州一家沒什麼名氣的小型大學聘爲教創作的老師。是一個完全無名的人。本來是詩人，不過正如世上壓倒性多數的詩人那樣，詩集即使出版了也賣不出去，可能——沒辦法或怎麼樣——於是在大學教授「小說的寫法、詩的寫法」之類的課程，以勉強餬口。這是常見的典型例子。這首*All I Wanna Do*是他很久以前自己詩集中發表過的詩，那詩集以他的話來形容，據說是「世界上除了我之外可能誰也沒讀過。」而且當然也從來沒有被評論過，就那樣不知消失到哪裡去了。

然而爲了自己的曲子到處打聽有沒有好歌詞的雪瑞兒·可洛，正在拚命尋找時，不知道因爲什麼緣故而在舊金山碰巧得到這本詩集，看到"All I Wanna Do"這首詩，靈光一閃「嗯，就是這首！」於是刷拉刷拉地——不知道是不是這樣（擅自嘩拉嘩拉地想像各種情景是小說家的習性）——配上旋律。而且正如您所知道的那樣大爲暢銷。副歌部分有配合編曲調整，其他大概都維持原詩的樣子。請仔細聽聽看，因爲這是相當棒的歌詞。一個人一面開著車一面聽著這首歌時，我經常會跟著唱副歌的部分。

「那種書居然有人會拿起來看，眞是難以相信。」詩人到現在都還很懷疑（似乎是一個滿悲觀的人），聽說在幾星期之間他就賺進前一年整年份的收入了。那當然是好事一樁。現在難得有這樣的好消息了。人生眞是難以預料。正如「沒有不會滿的新月」那樣，也「沒有不會好轉的困局」……這如果能確實化爲法則就好了，但事情並無法這麼容易斷言，眞難過啊。「事情的黑暗面反而比較能夠明確地法則化」這也是村上彼得的法則之一。

對了上次我忽然想到「前方的虎之門、後方的赤坂見附」[2]，這完全沒什麼意思吧。只是……。

譯注：

1.「C調」是日本七〇年代年輕人的流行語，用來形容開朗的人，語源來自日語「調子好」（狀況好），反唸發音和C調同，以諷刺開朗過頭、得意忘形的人。

2. 虎之門和赤坂見附是東京都內的地名，也是地下鐵站名。

聽起來好像很囉唆，不過這也是樹冰。「樹冰、樹冰……」可不是該這樣輕鬆哼唱的場合（你說那是「霧冰」嗎？）哦，總之非常冷就是了。新英格蘭冬天的太陽從枝頭間露出臉來。要到附近的超市去買菜，路上都結了冰，滑溜溜的非常危險。

孝太郎的行蹤、
小貓沙夏的坎坷命運、
再度挑戰波士頓馬拉松

三月二十八日。春天到了，陽光也忽然變得溫暖起來，街上開始到處可以看到貓的身影了。原來躲在溫暖的家裡，連鏟雪也不必自己動手，只是躺在那裡、一面打瞌睡一面度過漫長冬天的波士頓的貓族，終於也開始有了「好吧，站起來，到外面去看看吧。」的心情了。當貓族開始在門口露臉之後，當地才真的開始有「啊，春天到了。波士頓的馬拉松季節也差不多快到了」的感覺。順便提一下，花粉症開始的時期，根據這方面權威的我太太說，這裡比日本要晚一個月以上。

我小時候，每年冬天來臨，週遭一天比一天冷起來之後，就會開始擔心，世間的貓會不會想到：「世界會不會就這樣繼續變冷下去，冰河期可能會來臨，然後一切的一切都可能結成冰，」而感覺不安呢？（以前大概很閒吧，連跟自己無關的事情也會相當認真地去擔心），這裡絲毫沒有這種情況，貓經常臉色開朗優哉游哉地躺在桌爐邊睡覺。貓似乎懶得一一花精神去想那些麻煩事的樣子。「冬天一過，不用擔心，接著春天就會好好來的」這種基本常識一定已經透過遺傳因子傳給他們，記到腦子裡去了。或者貓這東西，以傾向來說，就是比較不會一一去擔心未來的事情的。

就這樣，春天來了之後，貓兒們也沒有什麼特別感動的神色，只是一副「本

一九九五年波士頓馬拉松女子優勝者抵達終點。

這就是我所寵愛的鄰家的貓孝太郎。怎麼樣？很可愛吧？不怎麼可愛嗎……？不過他脾氣還不錯。也滿喜歡跟人親近的。話雖這麼說，卻很容易可以推測出附近母貓們對他的男性魅力評價恐怕不太高。我覺得本名「莫里斯」不如我取的「孝太郎」這名字氣氛上更吻合，你覺得呢？

來就知道會變成這樣啊……」依然若無其事的臉色，慢吞吞地走到門外來。唉，這種無動於衷的地方也正是貓的長處吧。不過今年不知道爲什麼，卻還沒看見鄰家的貓孝太郎（本名莫里斯）的影子。每年這時候總會在庭院裡躺在地上滾來滾去，舔舔肚臍，或被家人趕到外面吃個閉門羹，一面鬧情緒一面坐在門口的階梯上，呆呆望著大馬路的孝太郎，今年怎麼一直都沒看到他的影子？會不會冬天裡生病了，忽然死掉了呢？孝太郎是有一點不得要領的地方，缺乏決斷力，風采也少了些，是一隻茶色的中年公貓，不過個性還不錯。這雖然是一件沒什麼大不了的事，只是附近鄰居的貓的消息，總還是讓我掛在心上。

尤其這八年多來，我一直沒有一個固定的住處，幾乎等於流浪一樣地過著漂泊海外的生活，沒辦法安定下來養自己的貓，落得只好偶爾疼一疼鄰家的貓，以勉強滿足我強烈的「貓飢渴」似的狀態。「去招惹那種沒什麼魅力的貓，連你自己的人氣都會下跌喲。」雖然被太太這樣嘲笑，不過每次見到孝太郎，我還是忍不住要去摸摸牠，「好乖，好乖」這樣去疼疼牠，我實在不爭氣。以前我們自己在日本養的貓，已經送到講談社的德島先生家，以寫稿子爲交換條件，現在幾乎是丟在那裡不管了。那隻貓是在十二歲時被丟在那裡的，所以現在應該已經早過了二十歲，幸虧德島一家人非常寵愛牠，現在還活得好好的。一隻腦筋非常聰明的公波斯貓，是我過去所養過的貓裡頭最「有緣的貓」。雖然已經不再是我家的貓了，不過還是希望牠能夠永遠健康長壽地活著。

說到貓這種東西，前一陣子有一隻叫做「復活的沙夏」的小貓曾經成爲波士頓的話題。沙夏剛被生下來時，人家以爲牠肯定已經死了，於是就被母貓的主人埋進後院裡去，其實牠只是暫時昏迷失去知覺而已，並沒有死。牠在土裡吸進一口氣，醒了過來，喵喵地叫著求救。很幸運那喵喵的微弱細小聲音，居然被附近的人聽見了，趕快把地面挖開，把還有微弱氣息的沙夏從土裡救出來。不過能夠聽得出埋在鄰家庭園地下一呎深的小貓的微小叫聲，想必是耳朵好得不得了的人吧。有這樣的人住在附近好像也很累的樣子，不過總之對小貓沙夏倒是幸虧了。

在美國發生這種事情的話，本來主人會因爲虐待動物而觸法，受到嚴厲懲罰（如果連這種事情都要用法律一一規定的話，眞想說爲什麼不嚴格限制手槍買賣呢？不過暫且不提了），這次因爲主人以爲貓已經死了，所以沒有被興師問罪。反過來小貓則被當地的動物保護所收留（就是有這樣的地方），在那裡受到周密的保護照顧。這件消息透過CNN新聞網傳開之後，全國各地紛紛寄來想收養沙夏的信，引起保護所一陣騷動。現在沙夏好像已經被熱心的愛貓家收養，正健康

地快速長大中，在麻州郊外過著幸福的人生。據說還用水晶盤子餵牠吃飯呢。讓貓用水晶盤子，怎麼說呢，唉……嗯，恭喜恭喜。

前幾天同樣在波士頓，有一位父親把剛出生不久的親生嬰兒，同樣活埋在庭園裡，這邊很遺憾鄰居並沒有人發現，就那樣死掉了。當然那個男子被逮捕了。也有嬰兒因爲哭聲太吵，而被母親從高層公寓的窗戶丟出去。也有嬰兒同樣因爲哭聲太吵，而被母親用煮沸的開水燙手，手的肉都燙溶掉。燙的時間太長，連骨頭都露出來了。

早晨起床後翻開《波士頓環球報》時，經常會讀到一篇令人「眞要命，怎麼這樣……」不禁要搖頭嘆息的悲慘事件。日本報紙當然有時候也會刊登這種悲慘事件的報導，不過美國報紙則幾乎每天都有一件這樣的事件，所以讀著之間心情總會黯淡下來。被一股深深的無力感所襲擊。這種事件，從地址看來，大多發生在貧窮的市區。要責備和處罰犯罪者是理所當然的事，不過光這樣也不能解決問題。同樣悲慘的事件可能幾天後又會再發生。深刻的貧困由所謂結構性問題而產生，要終止這種非人性暴力行爲的連鎖現象，不用說，並不像收養小貓沙夏那樣簡單。其中幾乎沒有插入童話的餘地。如果大家都能像沙夏那樣順利受到幸運眷顧的話，當然沒話說。

四月十七日。當貓在波士頓的馬路上開始露面之後，波士頓馬拉松大賽也就「快要到了」。我今年冬天一直很認眞地專心執筆寫長篇小說，幾乎沒有爲比賽做任何跑步練習。反正我是小說家，不是職業跑者，所以這也是沒辦法的事。本來因爲準備不夠，今年看樣子應該考慮暫停出場的，不過今年留在波士頓已經是最後一年了，所以就算跑的時間稍微拉長一點也沒關係，心想就純粹爲了享受參加的樂趣吧。鞋子也不再穿過去比賽時穿的輕鞋，以腳不會痛爲第一前提穿上練習用的堅固鞋子。

我參加波士頓馬拉松大賽這次算來已經是第四次了。當天的身體狀況也因爲有點感冒而不算太好，結果雖然成績見不得人，不過這次也沒有慢下來走一步，而是確確實實地堅持到最後跑完全程。開跑後不久我就感覺到：「啊，今天情況實在不妙，」因此一開始就覺悟，把步調放慢，心裡盤算著只要能以三小時四十五分左右跑完就行了，以這樣的速度跑著，雖然如此，最後還是跑得搖搖晃晃、筋疲力盡。

查爾斯河上練習划船的風景。查爾斯河每年秋天照例舉行的划船比賽，全國大學的划船社團都會組隊來參加。我記得日本也有東北大學的校隊前來。電影《驚濤駭浪》的一開頭，就是梅莉・史翠普一個人在練習划船，正是在這條查爾斯河上。有時候，在黃昏夕暮中，看到默默地獨自划著船的中年男子時，會覺得真帥。不過在日本聽說很難找到練習場所。

跑到距離終點還有一英里左右的波士頓大學橋一帶時，全身的感覺，就像解開包袱般整個人快要完全散掉了，我很認眞地想：「今年可能跑不到終點，」不過那就太難看了，總要想辦法跑完哪，一心只想著這個，腳步繼續往前邁出。平常一跑到終點立刻就咕嘟咕嘟地猛喝冰冰的啤酒以緩過氣來，但這次卻覺得反胃想吐，眞的很不舒服，啤酒連看都不想看一眼。眞的很痛苦。畢竟全程馬拉松在身體狀況不是準備萬全的狀態下還是不宜勉強參加。下次要在沒有寫什麼小說的時候，好好練習跑步先把身體調整好，我咬緊牙關這樣下定決心。

不過寫文章時也一樣，人並不一定經常都能處於良好狀況。長期下來總有高潮和低潮。情況差的時候也要以當時的狀況，冷靜地確實掌握自己的步調，在可能的範圍內想辦法盡力做好，我想這也是重要的能力和才能之一吧。不要太過分勉強，只要埋頭孜孜不倦地堅持努力下去的話，不久情況還會慢慢的一點一點好轉起來。可能因爲年齡的關係吧，我最近也漸漸開始有這種巨人隊落合選手[1]的心境了。如果是三、四年前的話，我想可能會在無法掌握自己身體的狀況下，喘著大氣從一開始就跑得很快，到了心碎丘那一帶時就終於啪一下累倒也不一定。如果要說像那樣不顧前後的莽撞正是年輕的優點的話，那也沒錯。

不過不管怎麼說，跑波士頓馬拉松確實是一件快樂的事。沿途有日本人用日語熱烈地聲援：「加油啊！」對我是很大的鼓勵。那眞讓我覺得很開心。每次跑步都重新確實地感覺到：「原來如此，有這麼多日本人住在波士頓附近啊。」只知道對方是日本人卻不知道是誰，平常在街上擦肩而過時，也不會打招呼的陌生關係，不過碰巧就因爲你參加了馬拉松四十二公里賽跑而大聲地爲你歡呼，舉起手來對你微笑，你也回應他們。這就像是「擦袖而過……」總是緣分的感覺，還滿愉快的。一面跑著，我也會忽然一面想到：「對了，大家都各自拼命活在異國之地（這種形容方式也很古老），我也不能不加油啊。」其實完全沒有那麼拼命的活著。不過，都無所謂。

換一個話題，幾年前我不在日本時，幫我們看房子一年的歐文和海姬這對年輕夫婦，今年暑假，爲了幫助阪神大地震時失去房子和父母的孩子，在美國成立志工組織，發起招待他們到西雅圖林間學校參加「神戶兒童夏令營」的活動。募款超乎預期的順利，似乎計畫總算可以實現的樣子。

說到地震，我少年時代所住的蘆屋市的房子——雖然不是多好的房子——地基也毀壞不能再住了。受災的阪神間、淡路島的各位想必也非常難過，請加油。雖然事情已經過去了。

【後日談】

「神戶兒童夏令營」已經順利成功地辦過了，歐文和海姬非常高興。後來我們在東京又見到面了，他們說：「孩子們眞的都很可愛，那是一次很好的經驗。」不過他們同時也提出這樣的問題：「爲什麼日本人沒有爲那些精神上受到深深傷害的孩子，提供人數足夠的，有能力照顧他們的精神科醫師和顧問呢？那不是非常重要嗎？與其沒事的人成群跟著來，不如帶專家來，對他們比較有幫助吧？」我也跟他們談過，確實這樣覺得。沙林事件的受害者情況也一樣，眼睛看不見的心靈創傷該如何處置，往往被忽視，而這往往又造成不可挽回的結果。

其次他們也爲日本官員的官僚化愚蠢做法感到驚訝和生氣。那種心情也非常可以理解。

譯注：

1. 應該是指落合博滿，他一九七九年以二十六歲「高齡」成爲日本職棒選手。

莫名其妙被襲擊的鴨子、
懷念的氣味、
奪命終結者很可怕噢

我除了新聞報導之外幾乎很少看電視節目（無論在美國或日本，很遺憾都沒發現特別喜歡的節目），不過電視偶爾會放映難得一見的影片，或以前漏看的好電影，這時候我會準備啤酒和點心坐在電視前面的沙發上，悠閒地享受兩個小時。上次我看了前總統雷根和南西夫人合演的（因爲是在他們結婚以前，所以夫人的名字還是南西・戴維斯）"Hellcats of the Navy"（《海軍悍婦》）。這部電影比影評還糟糕，演技差得令人啞然無言，不過那時我正在研究第二次世界大戰中美國潛水艇的結構，因此在映像資料方面倒還可以作參考。但電影卻很糟糕。

最近我看的老電影中，最值得一看的是庫柏力克最早期的作品"The Killing"（《殺手》），一部紀錄片式精心拍攝的黑白影片，非常乾淨俐落豪邁冷酷而帥氣。其次是勞倫斯哈威在戰後不久以東京爲舞台，演一個孤獨的日裔美國攝影師的"A Girl Named Tamiko"（《櫻都第一美人》）也是相當好的珍貴片子。其次有因史考特・費滋傑羅寫劇本而聞名的"Three Comrades"（《三勇士》），雷蒙・錢德勒寫劇本的"The Blue Dahlia"（《藍色大理花》）等，這些可以收錄在錄影帶也是一大收穫。前者看到最後有點難過，不過亞倫・賴德（Alan Ladd）主演的後者陰暗慵懶的五〇年代黑色電影（film noir）風格趣味，現在依然能夠充分享受到。錢德勒式的文法也還確實健在而且有趣。

這雖然不是多稀奇的東西，不過克林・伊斯威特主演、麥克・奇米諾導演的"Thunderbolt and Lightfoot"（《霹靂與光腳》）公演時我錯過了，因此上次在電視上看。調子有一點慢，雖然不可否認有「現在看來有點古老」的感覺，不過也因爲這樣而有一種輕快感，相當有味道，感覺還不錯。值得一看（不過那時候的克林・伊斯威特現在看起來還眞土）。

不過在電影裡演出有毛病的二號反派角色的喬治・甘迺迪，有一幕對老是纏著他的任性毛頭小子破口大罵："Hey, kid...Fuck a duck!" 我第一次聽到這種用語，覺得好奇怪。查過手頭上的幾本英語辭典之後，完全沒有記載fuck a duck的用語。我問了辭典權威的朋友柴田元幸先生後，據說出現在Random House新出版的厚厚的俗語辭典（"*Historical Dictionary of American Slang*"）中。趕快買了這本辭典一查，確實有。意思和英語的"Go to hell!"或"Get out!"一樣，換句話說，也就是「滾蛋！」的意思。並不是像字義上那樣「去fuck鴨子」的意思。但fuck鴨子這種視覺印象再怎麼說都非常可笑。不過從此以後，每次在外碰上什麼傷腦筋的事情時，我就會很想衝著對方說："Hey, fuck a duck!" 自己都覺得很可怕。最近腦子裡甚至浮現Dark Ducks（黑鴨子男聲四重唱）的成員之一被雪男或什麼fuck的妄想畫面。這也很可怕。

莫名其妙被襲擊的鴨子、
懷念的氣味、
奪命終結者很可怕噢

這是上次提過的佛蒙特州的「鴨子on a hill」的照片。鴨子的題材，在這裡再度派上用場。這次連我也拍進去。「小姐、小姐，這裡有好吃的東西，請過來這邊。不要怕。」就像戰後不久的那段期間，駐在日本的美軍士兵那樣以結結巴巴的聲音，正在引誘鴨子。不過鴨子也很小心翼翼的。兩個人之間的距離相當難縮短。夕陽慢慢地落到山邊。

順便一提——記住這種事情我想對考試一點幫助也沒有——不過如果是"fuck the duck"的話，好像又變成「工作有點偷懶」的不同意思了。語言這東西眞是有許多困難的地方啊。光要親近一隻鴨子，就要確實分出是「那邊的隨便一隻鴨子」或是「這邊的某一隻特定的鴨子」，所以英語眞可怕。連一個冠詞都不可以小看。

四月二十九日星期六，我所屬的Tufts大學的自治會主辦了例行的校園戶外音樂會，今年由B. B. King演出。教職員票是五美元。這個時期美國大學的課程大致已經結束，離考試和交報告的期限還有一點時間，換句話說正處於有點模糊的邊界期似的，學生之間也有暫時想「熱鬧一下」的感覺。因此大家都抱著冰得透透的啤酒箱來集合。只是在美國嚴格禁止二十一歲以下的人飲酒，所以入口分爲「二十一歲以上的人」和「其他的人」，只有二十一歲以上的學生可以每人最多帶兩瓶啤酒進去。而且在入口還必須出示證明年齡的兩種身分證件才行（這個國家不知道是不是一張身分證件還信用不足、無法相信，經常要求看兩張證件）。佩帶手槍的校園警衛站在門口，煞有其事地嚴格檢查。我覺得已經十九、二十歲了，只不過喝個啤酒又有什麼不可以呢？

莫名其妙被襲擊的鴨子、
懷念的氣味、
奪命終結者很可怕噢

Hey Kid
Fuck a
duck

雖然這麼說，一旦通過入口之後，兩者又會在同一個會場會合，因此大家在裡面就不分什麼二十一歲以上或以下，大聲嚷嚷地痛快喝酒。不知道從哪裡飄來令人懷念的大麻氣味。我對學生說：「嘿，好像有大麻氣味噢。」還被反問：「哦，老師（總之暫且被這樣稱呼）你們那時候也有大麻嗎？」開什麼玩笑，這種東西從老早的從前就已經有了。什麼marijuana、hashish，我老早就吸到不要吸了……這樣說可就太誇張了，當然。

不過住在美國，倒有相當多抽大麻的機會。尤其遇到團塊世代的大學教授們時，就會碰到有人說：「嘿，春樹，我有好貨，要不要哈一口啊？」當然因爲沒有理由拒絕就說：「好啊，」於是走進他的房間去，一面恍惚地放鬆聽著狄倫之類的老唱片，一面說：「不錯吧，好懷念啊。」就像電影"Animal House"（《動物屋》）裡唐納・蘇德蘭（Donald Sutherland）所飾演的時髦英語老師的氛圍。

我是很早就爲了健康戒掉菸的人，不過以經驗來說，我覺得大麻比香菸的害處要少得多了。那和菸草不一樣，不會上癮。所以像日本社會那樣只要有人抽一點大麻，就像犯人一樣被群起攻擊的風潮，實在完全沒道理。在美國以個人享樂程度的抽大麻，通常會被睜一隻眼閉一隻眼地容許，不同的州情況各有不同，有些人持有大麻被警察逮到，多半也只是課以罰金的程度。我想這樣的法律運用應該算是妥當的吧。

不過我要鄭重聲明，我在日本是絕對不抽大麻的。因爲並不值得去冒這麼大的險。

帶著啤酒進去，打算一面聽音樂一面躺在草地上悠閒地做做日光浴的，但這天中午過後氣溫忽然急速下降，好冷、好冷，實在不想喝啤酒。新英格蘭經常會有這樣的日子。心想：「嗯，今天好像很溫暖，春天已經眞的來了，」時，就像掉進陷阱一樣，氣溫忽然又下降，變成可能會突然下冰雹的天氣。因此實在不是喝啤酒的時候，我包著一件薄尼龍外套還一直不停的發抖。學生給我的一瓶啤酒，以我來說很稀奇還剩下一半。可是美國學生卻穿著短褲、上半身赤裸、愉快地大口喝著啤酒吵吵鬧鬧的跳著舞。這到底是健康還是逞強，是習慣寒冷天氣，還是慾望過剩，或者只是單純的神經大條而已呢？我有一點無法判斷。不過實在跟不上倒是眞的。

座落於波士頓郊外山丘上的Tufts大學不知道爲什麼黑人學生很少，幾乎都是白人學生（也可以說猶太裔的很多），少數族群中日本、韓國、中國等亞裔的學生比較多。因此以情景上來說和B. B. King的音樂會氣氛好像有點不對味的樣子，不過實際上大家聽得很帶勁。學生們大口喝著沒喝慣的酒，惡醉起來躺在那邊的光景當然是世界共通的，不過有似乎嗑了藥的學生在一陣混亂的打鬥之後，被警察制伏銬上手銬帶走了，居然也有這種激烈的逮捕劇演出，眞是波濤洶湧的音樂會。也有學生跳上舞台親吻B. B. King被押下來的。一般印象中Tufts這所大學是以少爺千金聚集，校風溫文儒雅聞名的，可是鬧起來居然也很能鬧啊，我眞感到佩服。很好啊。學生就該這樣有勁才好。一定要這樣放得開才行。就這個調調，以後也還要繼續加油啊。

不過很遺憾，怕冷的我，在那樣的天氣之下實在提不起勁來。其次以我個人來說，反正既然是藍調的，舞台上不妨演出更慢悠悠的調子不是更好嗎？最後固定會唱的招牌曲子*Thrill Is Gone*確實帥得沒話說。

五月十日，我在劍橋一所高級公寓的門廳等人時，一個送快遞的人帶著文件

Tufts大學校園所舉辦的B. B. King音樂會風景。B. B. King的外甥在樂團裡吹薩克斯風。以樂團來說音樂演出並沒有很精緻的感覺，不過組成的團員卻相當多。也許是把身邊的親戚朋友全都隨便拉來湊數了。不過，就算是這樣也無所謂就是了。

走過來，對管理員說：「這是史蒂芬・金託送的東西，」我因此差一點從椅子上跌下來。據說史蒂芬・金雖然住在緬因州，但在劍橋也擁有別墅，偶爾會去看波士頓紅襪隊的棒球比賽。這麼有名的史蒂芬・金到底送給誰什麼樣討人厭的（想必是）東西呢？我真的非常想知道，不過很遺憾因為時間的關係，沒有能夠看到結果。

不過後來，我才弄清楚波士頓其實有一家很有名的地毯公司，也叫史蒂芬・金，真令人掃興。換句話說那次可能只是在送地毯而已。什麼嘛，哼。順便一提，史蒂芬・金在劍橋所擁有的房子設計有相當氣派的怪物造型的承霤——我因為閒著就特地跑去看過。如果別人來看我家的話我可能會覺得「真煩」，不過反過來卻真的會去看噢。真不爭氣，不過說起來人真是任性的東西。

說到史蒂芬・金，前幾天ＡＢＣ電視台的迷你影集才剛播出過以他的中篇小說原作所改編的電視劇。叫做《奪命終結者》（The Langoliers）這怪怪的名字，每次兩小時，分兩天播映，看了第一集覺得相當生動有趣。由狄恩・史托克威爾（**Dean Stockwell**）主演，還有演過電影《祕密花園》的女孩子也出現了。報紙上的電視評論把它評得很慘，同樣ＡＢＣ製作的迷你影集系列 "**The Stand**" 拍得也很糟糕，所以我並沒有對這片子抱著多大期望，只是心不在焉地斜眼看著而已，第一集不知道爲什麼拍得相當不錯。獲得好評的"Shawshank Redemption"（《Shawshank的天空》這日本片名眞有點怪）[1]，凱西・貝茨（Kathy Bates）賣力演出壞角色的新作"Dolores Claiborne"（《熱淚傷痕》）以電影來說確實拍得不算差，不過製作者的姿態有點像學校班長般過於直接，有點「是又怎麼樣」的調調。這部《奪命終結者》則有垃圾食品式、加碼麻將式，非常可怕，也就是史蒂芬・金式的，反而可以說很帥——因此我鼓足勁把完結篇也看完……嗯、嗯、這是什麼啊？最後出現謎中的奪命終結者居然是這個。觀眾雖然沒怎麼樣，不過也頗不以爲然。你看不是忍不住笑出來了嗎？結果最可怕的，是客串演出的史蒂芬・金的逼眞演技。啊，我寶貴的夜晚四小時到底是在什麼樣的黑暗空間裡，被什麼樣的奪命終結者吃掉了，消失了呢？我再也不看什麼電視了。

譯注：

1. 中文片名譯爲：《刺激一九九五》。

歐列尼克家的小姐。只有十四歲，長得非常漂亮。曾經上過日本的小學，也很會說日語。我跟歐列尼克一家人到附近的爵士俱樂部去，一起聽Etta Jones的現場演出。

活著時的孝太郎、
信天翁冒險的命運、
章魚死去的道路

隔壁的貓孝太郎還不見蹤影，也許是在冬天裡生病了或發生意外突然死掉了也不一定，前面這樣寫過了。不過後來，才弄清楚孝太郎其實還好好活著。

我在路上遇到我們家房東史提夫時，問他：「嘿，最近怎麼沒看到隔壁家的莫里斯（孝太郎的本名），不知道他可好，你知道嗎？」「啊，春樹，莫里斯最近搬家了。那隻貓是租隔壁房子的詹姆斯養的，詹姆斯在一月結婚了呢，他在萊辛頓買了獨棟房子，把莫里斯帶過去那邊。那是一棟相當大的房子，有自己的院子，所以莫里斯一定也很高興吧。不過看不到那隻貓的蹤影確實也有一點寂寞啊。」他說。

老實說，我私底下曾懷疑，經常把自家庭院寶貝兮兮整理得乾乾淨淨的史提夫，因爲憎恨在庭園大便的莫里斯／孝太郎（我也目擊過那現場幾次），用老鼠藥或什麼的——用老鼠藥殺貓，說起來也很奇怪——毒殺牠，也許毒殺後，悄悄地埋在什麼地方了。史提夫會懷念不在的孝太郎，這種事情我作夢也沒想到。所以說，不可以毫無根據地去懷疑人家。

但是看起來毫不起眼的中年公貓孝太郎居然已經變成萊辛頓豪宅的貓，在修剪得漂漂亮亮的前庭草坪上大便，或在大門口張開腳，猛舔那不怎麼像樣的睪丸，想到這裡覺得有點奇怪。也許新婚的太太對詹姆斯說：「親愛的，養這麼不靈巧的貓連我們人生的運氣都會下降呢。乾脆把牠帶到蓄水池去丟掉算了。」但願別這樣逼迫他才好。不過這是人家家的貓，所以會怎麼樣都算了。

房東史提夫是建築師，住在劍橋的菲特街一棟三層樓房的一樓。我住在二樓，三樓住著一對年輕的醫生夫婦。史提夫是我這輩子遇到過的非常少數正點的房東之一。因為職業是建築師，所以家裡一有什麼狀況發生時，他就會立刻趕過來修理。我說如果能多一間洗手間就好了，他就說：「好，交給我辦。」下個月他就把一個壁櫥敲掉幫我改裝成洗手間。眞了不起。動作眞快，總之個性就是這麼勤快。

我租房子的時候，為了確認而問房屋仲介的人說：「這位房東會不會依照約定，在我們搬來以前好好打掃乾淨，並把牆壁幫我們重新油漆過呢？」對方一面搖搖頭一面回答說：「這種事情你們百分之一百不用擔心。那個勤快細心的史提夫不可能不打掃的。就算你叫他不用掃，他也一定會悄悄去打掃。」當時他說的意思我還不太明白，不過住進來之後才確實感到：「他說的一點也沒錯。」總之

這是夏威夷可愛島的貓。走在路上遇到的。輕鬆地呼叫牠，就輕鬆地靠過來。夏威夷的貓和新英格蘭的貓比起來，個性好像比較渴望接近人的樣子。

在可愛島的海邊，一面望著逐漸西沉的夕陽一面沉浸在濃情蜜意中的情侶。看起來就像一對恩愛夫婦的模樣。雖然不關我的事，不過夫婦感情圓滿還是值得慶幸的。在這裡，看夕陽的一個特點在於，比起年輕的情侶，有一點年紀的情侶還比較多。因為這一帶是拍過歌舞片《南太平洋》的外景地點，因此一定是看過那部電影那個年齡層的人到這裡來的吧。不論禿頭的人、肥胖的人、憔悴的人、疲倦的人，這裡都確實維持著竭誠歡迎你的溫暖大環境。然後到附近的酒吧去，一面喝著熱帶飲料，一面聽樂隊演奏的Bali Ha'i是正確的行程。

從住進來之後的第一天開始，房子的清潔方法、地板的保養方法、掃除方法都一一非常仔細地教我們。房子確實很乾淨、為了保持這乾淨，我們也不得不每天付出相當大的努力。

不過只要把掃除確實做好，史提夫也絕對不是難相處的人，眞是一位安安靜靜，知書達理的人。前面已經說過他喜歡整理庭園，後院的小菜園裡栽培的小粒番茄和油菜，夏天裡也讓我們自由採摘。那眞的非常好吃。這麼親切的人實在很少見。

以我豐富的搬家經驗來說，要遇到正常房東的機率，比阪神虎隊拿冠軍的機率還要低，不過關於史提夫，我們和他兩年間住在同一個屋簷下，但從來沒有發生過一件不愉快的事情。史提夫也說：「你們眞安靜，房子也保持得非常乾淨，眞是太美好了。」不過老實說，一個月要趴在地上兩次爲這木頭地板打蠟還眞辛苦呢，史提夫。因爲你每次來我家都一臉認眞的盯著地板看，所以我不得不賣力地把地板擦得亮亮的。

史提夫非常愛惜這棟房子，整棟房子實施室內禁菸。我在六月搬家離開這棟房子，後來據說有喜歡做瑜伽的程式設計師要搬進去。「這次要來住的人好像也很好靜而愛乾淨。」史提夫笑咪咪的一副很滿足的樣子，不過情況聽起來怎麼有些奧姆的味道。沒問題嗎？但願親切的史提夫不要遇到不妙的事情才好。

六月我們退租了史提夫的公寓之後，我太太先回日本，我和攝影師松村映三兩個人橫貫美國大陸。租了一輛Volvo的旅行車，經過俄亥俄州、伊利諾州、南達科塔州、蒙他納州、猶他州，走北部橫貫路線，到加州大約花了兩星期時間走完。既然難得住在美國，最後離開前希望能開車慢慢做一趟橫貫大陸旅行，想好好看一看內陸部分。我太太因為搬家累了，說不想再做這種辛苦的長途旅行，因此就請精力充沛的映三和我同行。不過美國眞是個國土廣大的國家啊，開到哪裡都是一望無際，同樣的風景綿延不斷。最後連看風景都懶得看了。在這樣廣闊的土地上每個小地方都能確實開拓好，也令我感到十分佩服。

橫貫美國大陸之旅結束後，又到夏威夷的可愛島（Kauai）度過一個半月。在那裡和從東京來的太太重逢——話雖這麼說其實也沒什麼大不了的，總之是會合了。「在夏威夷住一個半月，那一定曬得很黑吧。」有人這樣說。很遺憾並沒有。每天都下好多雨，而且也有工作在身。我每天早晨到附近健身俱樂部的游泳池去游大約一小時，除此之外幾乎哪裡也沒去，只在屋子裡寫寫東西、或躺著看看書。有時我正在飯店門廳的桌上啪搭啪搭地打著Powerbook520電腦的鍵盤時，經過的美國度假客就會以「來到這種地方了，日本人還這麼努力工作嗎？說不定是個書呆子」的眼神看我。你們不知道吧，唉，我正在修改長篇小說呢。

對了，這個島上棲息著很多信天翁，看照片也知道，這可是相當可愛的鳥噢。胖嘟嘟的，幾乎沒什麼所謂戒心，你靠過去牠也不會逃走。不過靠太近的話尖喙還是會發出呱咖呱咖的聲音：「幹嘛、幹嘛，你想怎麼樣！」這樣威嚇你，並不太怕你，過一會兒之後，連這樣也嫌麻煩，就適可而止的停下來。然後才一副「好吧，算了」似的只站在那裡發呆——。會被稱爲阿呆鳥，在全世界快瀕臨絕種，我想也難怪。

信天翁小時候，一副「前王子[1]」似的長著滿頭自然捲的黑色濃密頭髮。然而不知道爲什麼，隨著日漸成長，到了快要能飛上天空時，頭髮卻全部掉光光變成一個大光頭（喔，這可不是歧視用語喲，眞的）。於是長大的光溜溜的信天翁這下子說：「那麼，差不多該起飛了吧，」張開大大的翅膀往空中振翅起飛，兩年都不休息地不停在大海上一直飛呀飛的（據說，除了偶爾在船的桅桿頂上停下來休息之外，完全不休息的樣子），兩年後又正確地回到原來的地方來交尾，在

頭上還留著「前王子」風格的毛絨絨頭髮的小信天翁。盡情地張開翅膀，正在下定決心，好啊，時候差不多了，我也必須開始飛了。不過還不太清楚怎麼個飛法，一陣風吹來時就啪搭啪搭啪搭的跑幾步，正在練習飛起來一點點的階段。到底能不能順利飛呢，在旁邊看的我們也為牠擔心。一副很靠不住的樣子，看來是不太行的。不過現在這個時候，那隻信天翁說不定正悠閒地飛在廣闊的大海上呢。

那裡安定下來生小孩、養小孩。眞是相當奇怪的鳥。

「不過啊，兩年才一次眞是不得了啊，春樹。」住在附近的衝浪者兼畫家克里斯一面望著信天翁一面深深佩服地說：「『嘿親愛的（鼻音），上次那個以後正好過了兩年呢，怎麼樣，要不要來呀？』這樣，嘿，兩年耶，嘿嘿嘿。」

確實兩年一次說起來眞不簡單。不過我也有一個朋友說：「我跟我太太只有在閏年才一次。」所以說不定其實也沒那麼不得了。我可不太清楚。

信天翁的體型很大，要飛起來還挺費事的。尤其是還不習慣飛行的小信天翁，必須選好風勢，確實做好長長的助跑，否則無法順利地一下子升空。所以信天翁總是選那風勢強勁的面海懸崖上方，也就是開闊的地方，作爲養育小孩的適當場所。唉怎麼想，都不算是一種很得生存要領的生物吧。

總之在那開闊的懸崖上，小信天翁啪啪啪地拼命跑一段，再搖搖擺擺地升上天空。這可是很可觀的好戲。如果順利地飛起來時，眞想啪啪啪爲牠熱烈鼓掌一番。不過其中也有不能順利起飛，就撲通一聲摔到懸崖下去喪失了年輕生命的可悲信天翁。實在眞可憐。雖然小說家的命運也相當坎坷而危險，不過這方面信天翁是絕對不輸小說家的。

可愛島三年前曾經被史上稀有的強烈颱風「伊尼奇」所襲擊，全島幾乎被全面摧毀，情況非常嚴重。因為強風暴雨非常猛烈，許多房子的屋頂都被吹走、房屋倒塌、樹木連根拔起，有些地方連山的形狀都改變了。到可愛島的書店去，還看到有賣「伊尼奇颱風紀錄」的錄影帶，看了之後就能實際感受到當時的颱風有多嚴重。有興趣的人不妨買來看看。基本上應該是一件嚴肅的事情，不過有人雖然房子受到嚴重災害，颱風的第二天早晨卻能創作〈伊尼奇之歌〉的曲子，集合附近的一群人一面彈著尤克里里琴一面唱歌，看到這錄影帶讓人覺得眞不愧是夏威夷啊。

我有幾個朋友住在這裡，他們也因為颱風而受到相當大的災害。停水斷電了很長時間才復原。旅館大多關門歇業。因此島上居民的工作機會也驟減。不過受到影響的不只是居民而已，自然也留下深深的傷痕。久別後重來島上造訪時，首先就被植物生態的大為改變而震驚。可愛島（尤其是北岸）雨多，素來以綠意盎然之美而聞名，不過仔細一看，植物的種類和分布，還有樹形，顯然都在短期間

內發生了激烈的變化。

我以前來這裡的時候，跟一位叫做山手的日裔第二代歐吉桑兩個人去抓過章魚。天亮前起床，在退潮的淺灘上一步一步慢慢地走著尋找章魚的巢穴，用魚叉似的東西挖出來抓住。不過這所謂「尋找章魚的巢穴」並不如嘴巴上說的容易。章魚一定也不願意讓別人立刻找到自己的巢穴，所以很小心地注意不被發現。我不管怎麼留意都完全沒有發現。山手先生卻說：「入口的地方，沙子會像這樣有一點堆積隆起喲，你看，」輕輕鬆鬆就找到了。一大清早還在熟睡中就被偷襲的可憐章魚是絕對沒有勝算的。那天早晨到了六點一共抓到六隻。

抓到的章魚要怎麼處理呢？帶回家裡去，全部丟進洗衣機裡，一起洗。希臘的漁夫把抓到的章魚往水泥地上咚咚地敲到軟，美國抓章魚的做法果然沒那麼野蠻（政治不正確）。只要按下Sears全自動洗衣機的「洗衣」和「脫水」按鈕，咕•咚•咕•咚•咕•咚•咕•咚•咕•咚一下，事情就辦完了。不過可真不願意當章魚啊。人家正睡得舒舒服服的卻被勉強硬拖出來，心想：「幹嘛啊、幹嘛啊」之間，就被丟進洗衣機裡「脫水」了，這怎麼受得了。我想這種死法可千萬不要。

山手先生在第二次世界大戰時以日裔第二代的身分加入部隊（話雖這麼說，

實質上等於半強迫被徵兵的），在義大利和法國兩地與德國精銳部隊戰鬥。歷經一番激烈的血戰之後，部隊有將近一半都死傷了。上次他還和當時的戰友一起到法國去，拜訪激戰過後被解放的法國小村莊，和當時的居民慶祝五十年後重逢，感動得互相擁抱懷念舊日的溫暖友情。不過一談到戰爭當時的事情時，夏威夷的日裔人士都沉默下來。一定相當難過吧，眞正難過的事情我想一定是難以啓齒的。

這次很遺憾「潮水時機不是很巧」，沒辦法抓到章魚。不過對章魚們來說，這反倒是好事吧。

譯注：

1. 歌手Prince，當時正是他改名成叫不出來的符號，所以變成「以前叫王子的」，但現在已經改回來了。

夏威夷海邊的風景。真的是一副夏威夷的樣子啊。從十公尺外的距離把七公斤重的汽車輪胎拿起來玩套圈圈遊戲，三個都高明地丟進了——這當然是胡說八道的。只不過是放在那裡的出租游泳圈而已。

彼得貓的故事、
地震記、
時光不斷流逝

爲貓取名字這種事情，正如英國的先人所說的那樣，是相當困難的。我在學生時代，住在三鷹租屋時，撿過一隻小公貓。說是撿到，其實是在打工回家的途中，半夜走在路上時一隻貓自己從後面喵喵喵地跟上來，一路跟到我住的房子來。那是一隻茶色的虎斑貓，長長的毛披在臉頰上感覺像蓬蓬的鬢毛一樣，滿可愛的。這隻貓雖然個性相當強，不過和我很投緣，後來很長一段時間我們倆就生活在一起。

有一段時間我沒有給這隻貓取名字（也沒有什麼稱呼名字的特別需要），有一天我聽到深夜的廣播節目——我想應該是《All Night 日本》吧——有一位聽眾寫信說：「我養了一隻叫做彼得的貓，可是這隻貓不見了，現在非常寂寞。」於是我想：「是嗎？那麼，乾脆就把這隻貓叫做彼得吧。」只是這麼回事而已。關於這名字並沒有什麼特別深的含意。

這隻彼得是非常堅強可靠的貓，我在大學放假的返鄉期間，牠只好成爲流浪貓，在附近自己想辦法活下去，我回來以後牠又重新回來做我的家貓。這種生活我們持續了好幾年。我不在的時候，牠到底在什麼地方吃什麼東西過活的，我並不清楚。不過從後來觀察中，我漸漸明白牠似乎是靠掠奪很多食物和捕抓野生動物來維生的樣子。因此，每逢學校放假我返鄉之後，彼得就會長成更強悍更野性的公貓。

當時，我住的地方還保留相當濃厚的武藏野原始風貌，周圍還有相當多各種野生動物。有一天早晨，彼得銜了什麼回來，放在我的枕頭邊，所以我嘴裡一面嘀嘀咕咕地說：「哎呀呀，你怎麼又抓老鼠回來了，」一面仔細一看，原來那是一隻小鼴鼠。我有生以來第一次看到眞的鼴鼠。彼得一定是從半夜裡就在鼴鼠的洞穴前面一直守候了一夜，等鼴鼠出來時就快速地逮個正著吧。而且叼著鼴鼠的頭，一面得意洋洋地想著：「你看，怎麼樣，」一面抓回來給我看。雖然我覺得鼴鼠很可憐，不過想到逮住之前彼得的辛勞時，還是摸摸牠的頭誇獎牠：「幹得好、幹得好，」忍不住賞給牠一點好吃的東西。

當時，養貓的問題，說起來其實是我的經濟經常很窘迫。主人都常常沒錢吃飯了，哪有什麼東西可以給貓吃。我當時經濟上完全沒有計畫（我想現在也不太有），因此一個月之中大約有連續一星期左右是處於完全身無分文的狀態。那種時候，常常拜託班上的女同學借錢給我。如果我說錢用光了肚子餓，對方會不理我而說：「管你的。這都是村上你自作自受的，」那就完了，可是如果我說：「我沒有錢，家裡的貓沒東西可以吃」的話，多數人都會一面同情地說：「眞沒辦法，」一面借給我一點點錢。總之就這樣，貓和主人兩個人相依爲命地忍受著

森に消えるセーター

貧窮和飢餓。我爲了一點點食物眞是名副其實地跟貓搶著吃。現在想起來眞是不爭氣的生活。不過倒很快樂。

我結婚的時候還是學生身分，在那公寓裡過得眞貧窮，因此暫且搬到太太娘家去寄人籬下。可是我太太家開棉被店，岳父說：「貓不可能帶來一起住，要賣的棉被如果沾上貓毛就不妙了。」說得也是。所以沒辦法，雖然彼得可憐，也只好把牠留下來。既然證明牠有自食其力的能力了，留下牠應該也不會餓死吧。

十月的一個陰天下午，我把少數家當和少數爵士唱片搬上小卡車。在東西已經搬空的空蕩蕩的房間裡給彼得餵一點鮪魚生魚片。這是最後一餐了。我讓彼得容易了解地簡單說明道：「很抱歉，可是我這次要結婚了，因爲對方家裡的情況特殊，我不能帶你過去噢。」而彼得只顧狼吞虎嚥地拼命吃著鮪魚生魚片（也難怪。牠這輩子還沒吃過這樣的東西呢），因爲是貓嘛，還無法理解主人的人生這種麻煩事。

我留下吃完鮪魚之後，還伸出舌頭正在舔著盤子的彼得，就坐上小卡車離開了公寓。我們有一段時間沉默不語，後來我太太終於說：「算了啦，還是把那隻貓一起帶過去吧。總會有辦法的。」我們急忙轉回公寓去，緊緊抱起還在呆呆想著鮪魚的彼得，把牠也帶走。那時候牠已經完全長成一隻大貓了，我記得牠非常重。湊近牠的臉頰時，牠的臉就像雞毛撣子般軟綿綿蓬鬆鬆的。

我岳父本來怒氣沖沖地說：「眞是的，怎麼把貓也帶過來了？這可不是開玩笑的。把牠帶到哪裡去丟掉吧，」不過他好像本來並不那麼討厭貓，不久以後就偷偷開始疼起彼得了。在我面前雖然會無意義地踢牠一腳，但大清早大家不在的時候卻會摸摸牠的頭，餵牠吃東西。彼得在婚禮用的棉被上尿尿時，也沒有怨言——雖然覺得好像稍微抱怨了一下似的——不過也只好默默地把棉被重新做過。岳父連小學都沒有畢業（這樣說絕對沒有歧視的意思。現在這種事情反而很光彩呢），雖然是一位有點與眾不同而倔強的長輩，卻有純粹道地東京人爽快的一面。

不過很遺憾，彼得終究沒辦法在那裡被養到終老。爲什麼呢？因爲彼得是鄉下長大的，是一隻已經學會自己覓食生存本事的貓，並不適合在文京區的商店街生活。牠肚子一餓起來，就會偷偷跑進鄰家的廚房去，毫不猶豫地把那裡的食物叼走。附近的太太常常向我們告狀道：「你們家的貓又偷吃了我們家的竹莢魚乾噢。」每次我們都只好賠償他們，或向他們道歉（低頭道歉的往往是我岳父）。不過對彼得來說，並不知道這種行爲有什麼不對。不管怎麼罵牠，牠也無法理解

不知道哪裡來的貓。非常舒服地在那裡滾來滾去。胖嘟嘟的。看起來雖然頭腦不是很好的樣子，不過該說是很會撒嬌，天真無邪，或什麼也不想地活著，或該怎麼說呢……。

不知道哪裡來的貓。遇到的地點在東京的巷子裡，再怎麼說還是晾在那裡的衣服最有意思。

自己爲什麼會被罵。牠是一隻確實學會了如何生存下去的有智慧的貓，那對牠來說是正確的生活方式。而且對一隻在武藏野的大自然中，學會捕捉鼴鼠長大、自由放任慣了的貓來說，在到處被柏油巷弄和行車道路圍繞起來的商店街裡生活，其實是既拘束又緊張的。最後精神終於失去平衡，開始到處小便起來。這就讓人大傷腦筋了。

因爲這種種原因，我最後終於不得不把彼得讓給別人。一位住在埼玉縣鄉下的朋友收養了彼得。他說：「我們家旁邊就有一大片森林，而且住著很多動物，像這樣的貓一定可以過得很幸福吧。」所以雖然捨不得分離，不過想到這對貓也比較好，就決心把彼得托付給他了。最後一天同樣又餵牠吃鮪魚生魚片。

據說彼得在那鄉下的房子裡安安穩穩地過得很幸福。每天早晨吃過早餐之後就跑進附近的森林去，在那裡面盡情地玩耍，然後才回到家裡。我聽了以後，覺得那樣對彼得來說才是最幸福的生活。那樣的生活持續了幾年。然後有一天，彼得終於沒有回家。

我到現在有時候，還會想到在森林裡失蹤的野生公貓彼得。一想到彼得時，我就會想到自己又年輕又貧窮，不知道什麼叫做可怕、也不知道以後到底要做什麼才好的時代。想起當時遇到的許多男男女女的事情。想到他們現在不知道都怎麼樣了。其中的一個現在還是我太太，正在那邊大聲嚷嚷著：「嘿，櫃子的抽屜打開以後要好好關起來呀，眞是的！」

九月××日，我爲了朗讀自己的作品，去到了久別的故鄉蘆屋和神戶。阪神大地震災害之後第一次造訪當地，災後事隔八個月了，還到處可以看到深深受到災害的傷痕，依然免不了怵目驚心。雖然說這是想防止也防止不了的自然災害，不過親眼目睹那光景時，仍然不免要沉思：「爲什麼，這種事情偏偏這麼不巧非要發生在這裡不可呢？」我自從懂事以後到十八歲爲止一直住在阪神間，記憶中在當地幾乎沒有發生過什麼地震。到東京來以後，雖然經歷過好多次地震，但從來沒有想像過，阪神間會因爲大地震而遭受到這樣嚴重的毀壞。我想人的命運這東西眞是無法預測。

不過，很高興我以前常去的神戶地區幾家店還健在。靠近海邊的"Kings Arms"也還確實留著（不過兩側的大樓都慘遭震毀已經不住了），我吃過披薩的中山手通「皮諾丘」也還在。不過很遺憾，Tor Road Delicatessen的三明治櫃檯

哈佛大學的貓。和前兩隻貓比起來，頭腦還是好一點的樣子噢。在這一帶的紅磚步道，悠閒地慢慢散步時非常有情調固然很好，不過因為路老舊了，有些地方凹下去有些地方凸出來，所以不太適合跑步。不小心的話可能會絆倒摔跤呢。

住在劍橋菲特街的貓。我慢跑的時候常常看到牠在這個陽台上。一副性情溫厚的樣子，容貌也相當好看。項圈上寫著名字。看來頗受家人寵愛的樣子。你叫牠時牠只稍微笑一下而已，不會走過來。經常都安穩而幸福地在曬著太陽。是我「心中」的朋友。

已經撤櫃了，商店本身倒還在營業。離開多年後再度進去這樣的店時，覺得：「啊，好懷念。」也忽然想起當時約會的女孩子。那時候只要在神戶街上到處閒逛散步，就會覺得心怦怦跳，好快樂。不過仔細想想，那也已經是超過四分之一世紀以前的事情了。只留下許多貓、女朋友（這數目倒沒那麼多）的記憶，時間靜悄悄，而且永不停止地流了過去。

MoTel

後記

收在這裡的文章，是我從一九九四年春季到九五年秋季每個月刊登在"SINRA"（《森羅》）這本美麗的雜誌上的東西。連載期間我一直住在美國麻塞諸薩州的劍橋（與波士頓相連），並在相鄰的美德福市（Medford）的Tufts大學工作。結果在劍橋，等於從九三年夏天到九五年夏天住了兩年。

在那之前我住在普林斯頓時的生活情形，已經整理在《終於悲哀的外國語》一書中了，因此本書就成爲那本的續集。本來在《終於悲哀的外國語》的情況，我想把住在外國期間所感覺到的各種事物，試著平心靜氣地好好想一想，以有點認眞（當然只是對我自己來說而已）的態度寫的，因此那自然是愉快而有益的，不過這次的方針有點改變，我想不如稍微放輕鬆點，以比較悠閒的感覺來寫文章。當時因爲正在執筆寫長篇小說，需要非常認眞地集中精神，因此隨筆嘛——這樣說也許有點不當，不過沒關係吧，對不起——就想輕鬆一點來寫，我私下有這種心情。所以我想這本書的感覺，和《外國語》應該相當不同。但願讀者肩膀不必繃得太緊，能放鬆下來悠閒地讀。

從登在雜誌時開始，我就想：「如果能以溫和的繪日記風格來做該多好，」因此就配合安西水丸兄天眞風格的插畫，和我太太的素人生活攝影照片一起發表。出書時爲了讀者設想，我們選了和雜誌有點不同的照片。我深深感謝水丸兄和我太太。此外也要感謝負責雜誌編輯的松家君和塩澤君，以及將雜誌文章整理成單行本時拜取小姐的幫忙。從海外寄連載稿，雖然說在傳眞和電腦發達後現在已經方便多了，但事實上也很辛苦。這可不能忘記。也要感謝擔任設計的藤本先生（別名柳銀八），和出版總監寺島君。這樣寫下來有點像電影的片尾字幕了。

此外登在雜誌上的文章，因爲編排篇幅的關係字數比較少，因此在收錄成書時經過大幅加筆、加長。不過重新閱讀起來，雖然並沒有特別故意，卻發現關於貓的敘述和照片相當多。不知您有沒有順利找到「漩渦貓」？

一九九六年一月

村上春樹

村上朝日堂新聞　月報

和安西水丸談壽司店

村上春樹
安西水丸

(村) 水丸兄很喜歡壽司店對嗎？今天我們就來談談壽司店吧。水丸兄到壽司店去時，每次大概都怎麼吃？

(水) 我坐在櫃檯吃一點小菜，喝一點小酒，然後請他們幫我握一點喜歡吃的東西，這樣。不太會去坐在餐桌的位子吃。

(村) 我最近也上年紀了，以小菜（tumami）爲主慢慢吃，以前經常都肚子很餓，沒辦法這樣。都是吃很多握壽司（nigiri），最後吃散壽司（chirashi），然後外帶太卷　（futo-maki，粗的捲壽司）回家當禮物。很厲害的類型吧。

(水) 確實很厲害（吃驚地。笑）。

(村) 這樣一來就好忙啊，沒那閒功夫吃小菜，簡直像馬一樣。

(水) ……我啊，先請他們從斑鰶（kohada）和赤身（akami）開始握，我不太喜歡脂肪厚的鮪魚。所以請他們先幫我握紅肉的魚（赤身）。然後如果有美味的烏賊（ika）也握一客，再來一個蝦蛄（shako）。不加甜醬料。然後himo（帆立貝的外套膜），興致好的時候也來個海膽（uni），最後是卷物。在點小菜的時候已經吃了不少魚，所以卷物就喜歡清爽一點的。最近我常常吃sabi卷。就是山葵（wasabi）卷。

(村) 這叫 sabi 卷嗎？

(水) 他們把山葵這樣切得細細的，然後捲起來。

(村) 好像很好吃的樣子。

(水) 以前山葵是便宜東西，所以你點這個，壽司店老闆臉色還很難看呢。不過最近因爲山葵價格漲得好高了，所以老闆現在還滿高興幫客人做。把磨碎的山葵這樣捲起來，也不難吃，不過還是生的切細細的捲起來才更夠味。雖然有點苦，不過很棒噢。

(村) 我大多是從白身的魚開始點。也喜歡斑鰶（kohada），不過還是喜歡以小菜的方式來吃一點。「咦，奇怪怎麼沒附飯呢？好像很沒依靠啊！」正當斑鰶這樣疑惑著時，就趕快一口把牠吃掉。這樣最好。

(水) 我還是比較喜歡把斑鰶擱在白飯上吃。

(村) 東西有各種看法、各種想法啊，雖然不是什麼大不了的事。

(水) 是啊。

(村) 還有「海鰻也不能少，

希望能加進來，加在前面或後面都可以」，有這種感覺。

(水) 對了，女孩子好像喜歡海鰻啊。

拜取小姐：我不喜歡。

(村) 哦，少女時代，夏天的傍晚被海鰻惡作劇過嗎……。

(水) 呵呵呵。不過我覺得，女人喜歡海鰻和章魚喲，不知道爲什麼（……爲什麼噢？ (村)）

(村) 如果有新鮮的沙丁魚（iwashi）也一定會點。

(水) 沙丁魚，很棒啊。還有秋刀魚（sannma）也很美味。

(村) 肚子漸漸餓起來了（笑）。可是啊，水丸兄，壽司店的口味固然重要，顧客階層也很重要吧？

(水) 對了對了。顧客很重要啊。例如旁邊如果有小小孩子很任性地老是點海膽的話，會有點火大起來。

(村) 眞想踢他一腳啊。還有如果有很多打扮得「亮晶晶」的俗氣女人也很累。香水太濃的話，生鮮東西的微妙味道就會死掉。這種最好能想個辦法避免。

(水) 坐在青山「海味」後面的座位，在等櫃檯位子空出來的時候，光看到那

些珠光寶氣身上「亮晶晶」的女人的背影，我頭就大了。

(村) 漸漸火大起來噢（笑）。還有，有些壽司店抽菸的人很多對嗎？那也很難過。我覺得櫃檯最好能禁菸。好難過好難過，我好幾次都中途走出去呢。

(水) 我也覺得在壽司店的櫃檯應該不要抽菸。會給別人添麻煩。手機也很討厭。

(村) 還有啊，從顧客的立場來看，我在壽司店最喜歡的顧客，說起來是不倫的情侶。感覺男的四十多歲到五十多歲，女的二十五歲到三十歲。悄悄坐在角落，正在談著什麼有意思的事。一副跟壽司店很搭配的樣子，眞不錯。很像個樣子，重要的是他們很安靜。

拜取小姐：眞的嗎？

(村)「等一下要做」的情侶，從氣氛就可以知道噢。

(水) 當然知道。呵呵呵。

(村) 不過我個人覺得，與其在壽司店吃了以後再做，不如做了以後再來慢慢吃比較好。

(水) 沒有人這樣的啦，一般人都是吃過了才做啊。

(村) 是嗎？我很怪嗎？不過，正在做的時候。想起剛才這個女人才吃過鮪魚、海鰻和海膽，難道不會分心掃興嗎？她肚子裡有這些東西吧？這樣想。會不會有點腥？

(水) 這種事情，誰都不會去想。而且，如果做完了才吃壽司的話，反而很那個，稍微回想起剛才來，還很生動呢（笑）。就像布紐爾的電影世界那樣。

(村) 不過，完了之後肚子不會餓嗎？

(水) 不會餓啦。然後就只要睡覺啊。沒有人做愛完畢還吃壽司的。只有村上老弟你啦。

藍小說945

尋找漩渦貓的方法

作者—村上春樹
繪圖—安西水丸
攝影—村上陽子
譯者—賴明珠
副總編輯—葉美瑤
編輯—邱淑鈴
美術設計—永真急制Workshop
企畫—黃千芳
校對—賴明珠、姚明珮、邱淑鈴

董事長—趙政岷
出版者—時報文化出版企業股份有限公司
108019台北市和平西路三段二四〇號三樓
發行專線—(〇二)二三〇六—六八四二
讀者服務專線—〇八〇〇—二三一—七〇五
(〇二)二三〇四—七一〇三
讀者服務傳真—(〇二)二三〇四—六八五八
郵撥—一九三四四七二四時報文化出版公司
信箱—一〇八九九臺北華江橋郵局第九九信箱

時報悅讀網—http://www.readingtimes.com.tw
電子郵件信箱—liter@readingtimes.com.tw
法律顧問—理律法律事務所　陳長文律師、李念祖律師
印刷—和楹印刷有限公司
初版一刷—二〇〇七年九月十日
初版十四刷—二〇二二年九月二十六日
定價—新台幣二八〇元
(缺頁或破損的書，請寄回更換)

時報文化出版公司成立於一九七五年，
並於一九九九年股票上櫃公開發行，於二〇〇八年脫離中時集團非屬旺中，
以「尊重智慧與創意的文化事業」為信念。

ISBN 978-957-13-4718-9
Printed in Taiwan

尋找漩渦貓的方法 / 村上春樹著；安西水丸
繪；村上陽子攝影；賴明珠譯. -- 初版. --
臺北市：時報文化, 2007.09
面；　公分. --（藍小說；945）

ISBN 978-957-13-4718-9（平裝）

861.6　　96015573

編號：AI0945	書名：尋找漩渦貓的方法
姓名：	性別：________ 1.男　2.女
出生日期：　年　月　日	e-mail：

________ 學歷：1.小學　2.國中　3.高中　4.大專　5.研究所（含以上）

________ 職業：1.學生　2.公務（含軍警）　3.家管　4.服務　5.金融　6.製造　7.資訊　8.大眾傳播　9.自由業　10.農漁牧　11.退休　12.其他

地址：________縣（市）________鄉鎮區________村________里________鄰________路（街）____段____巷____弄____號____樓

郵遞區號 ____________

（下列資料請以數字填在每題前之空格處）

________ **您從哪裡得知本書／**

1.書店　2.報紙廣告　3.報紙專欄　4.雜誌廣告　5.親友介紹
6.DM廣告傳單　7.其他 ______

________ **您希望我們爲您出版哪一類的作品／**

1.長篇小說　2.中、短篇小說　3.詩　4.戲劇　5.其他 ______

您對本書的意見／

________ 內　　容／1.滿意　2.尙可　3.應改進
________ 編　　輯／1.滿意　2.尙可　3.應改進
________ 封面設計／1.滿意　2.尙可　3.應改進
________ 校　　對／1.滿意　2.尙可　3.應改進
________ 翻　　譯／1.滿意　2.尙可　3.應改進
________ 定　　價／1.偏低　2.適中　3.偏高

您的建議／

____
____
____

請沿虛線撕下後對折裝訂寄回，謝謝！

請沿虛線摺下裝訂，謝謝！

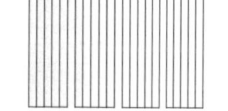

廣告回信	
台北郵局登記證	
台北廣字第2218號	

時報出版
CHINA TIMES PUBLISHING COMPANY
尊重智慧與創意的文化事業

地址：10803台北市和平西路三段240號3樓
讀者服務專線：0800-231-705・(02)2304-7103
讀者服務傳眞：(02)2304-6858
郵撥：19344724 時報文化出版公司

請寄回這張服務卡（免貼郵票），您可以——
●隨時收到最新消息。
●參加專為您設計的各項回饋優惠活動。

寄回本卡，掌握藍小說系列的最新訊息

揮發感性執著：捕捉流行語調—淺藍的、海藍的、灰藍的……

藍小說

無限延伸藍色想像空間——無國界的小說新地帶。

入會訂購證

我決定加入時報悅讀俱樂部				以下是我選擇的卡別，選書書目於下列選書單中
勾選	入會卡別	定價	入會費	贈品
	悅讀樂活卡(C005-002)	$1,000	$300	任選5本時報出版好書(定價600元以下本版書籍)
	悅讀輕鬆卡(C005-004)	$2,000	$300	任選10本時報出版好書(定價600元以下本版書籍)
	悅讀VIP卡(C005-007)	$6,000	$300	任選30本時報出版好書(定價600元以下本版書籍)

特別說明：

1、 外版書不列入選書範圍。2、單筆訂單須選書兩本額度以上。3、一次會員資格內，相同書籍限選兩冊。

☐ 我是俱樂部會員，以下是我的選書單

書碼	書名	額度	數量

◎ 我的資料

姓名：＿＿＿＿＿＿＿＿ E-mail ：＿＿＿＿＿＿＿＿(必填)

身分證字號：＿＿＿＿＿＿＿＿(必填) 生日：西元＿＿＿＿年＿＿月＿＿日 (必填)

寄書地址：☐☐☐＿＿＿＿＿＿＿＿

＿＿＿＿＿＿＿＿

連絡電話：(O)＿＿＿＿＿＿＿＿ (H)＿＿＿＿＿＿＿＿

手機：＿＿＿＿＿＿＿＿統一編號：＿＿＿＿＿＿＿＿

付款方式：

☐劃撥付款　劃撥帳號19344724 戶名：時報文化出版公司

(請親至郵局劃撥，無須傳真或寄回，劃撥單註明卡別、身分證字號、生日、e-mail、書名、數量)

☐信用卡付款　信用卡別 ☐VISA ☐MASTER ☐JCB ☐聯合信用卡

信用卡卡號：＿＿＿＿＿＿＿＿有效期限西元＿＿＿＿＿年＿＿＿＿月

持卡人簽名：＿＿＿＿＿＿＿＿（須與信用卡簽名同字樣）

◎ 歡迎網路下單 Readingtimes Club 時報悅讀俱樂部 http://www.readingtimes.com.tw/club/

24小時傳真專線：02-2304-6858 為確保您的權益，傳真後請來電確認

時報客服專線：02-2304-7103 週一至週五(AM9：00~12：00，PM1：30~5：00)

時報出版 台北市和平西路三段240號2樓